CHRISTMAS DEAL IN DEN HIGHLANDS

VERSEHENTLICH VERLIEBT

ANNA FERBER

Christmas Deal in den Highlands

Versehentlich Verliebt

Roman

ANNA FERBER

»Christmas Deal in den Highlands«
Versehentlich Verliebt

Weitere Informationen unter:
www.annaferber.de

ISBN: 979-8844539312

LOVELETTER

Werde Mitglied in

ANNAS LOVE - BOOKS CLUB

Die Mitglieder von meinem **LOVE - BOOKS CLUB** *bekommen als Dankeschön ein E-Book geschenkt, exklusive Infos, was hinter den Kulissen passiert und andere schöne Sachen, die mit meinen Büchern zu tun haben.*
Als Mitglied erfährst Du immer als Erste, wenn es neue Bücher oder andere Veröffentlichungen von mir gibt.
Am Ende des Buches erfährst Du, wie Du Mitglied in ***ANNAS LOVE - BOOKS CLUB*** *werden kannst.*

Alison & Baxter

1

ALISON

»In einem Kilometer haben Sie das Ziel erreicht.«

»Endlich!« Erleichtert trommle ich aufs Lenkrad. Nach der langen, sehr nervenaufreibenden Autofahrt habe ich mir eine Auszeit mehr als verdient. Und nach den letzten Tagen sowieso.

Singend holpere ich in meinem dunkelgrünen Mini Cooper über die schneebedeckte Straße, streiche die dunklen Strähnen, die sich unter der flauschigen Wollmütze nach vorn geschoben haben, nach hinten und bin voller Vorfreude auf meine Unterkunft in Durness.

Die verschneite Landschaft ist eine willkommene Abwechslung zum Großstadttrubel. So weit das Auge reicht, erstrecken sich um mich herum sanfte, weiß bezuckerte Hügel, durchzogen von schroffen Bergketten. Im Sommer ist alles schön grün und jetzt im Winter schneeweiß. Traumhaft.

»Entfliehen Sie dem Weihnachtstrubel und genießen Sie eine Auszeit in den Highlands. Ein Feiertagsarrangement, garantiert ohne Weihnachtszauber.«

Ich lächle glücklich. Es war richtig, sofort zuzuschlagen und das vielversprechende Angebot über die Werbeanzeige bei Facebook zu buchen. Die Bestätigung mit der Zahlungsaufforderung ließ nicht lange auf sich warten, und ich kam meinem Weihnachtstraum immer näher.

Wie es scheint, bin ich die Einzige, die es verlockend findet, ihre freie Zeit über die Feiertage in der Abgeschiedenheit zu verbringen. Denn seit einer Stunde ist mir kein Auto mehr entgegengekommen. Was nicht unbedingt ein schlechtes Zeichen sein muss.

So weit im Norden war ich noch nie, hier bin ich zum ersten Mal.

Fast alle Wetterfronten – Sonne, Regen, Sturm und einsetzenden Schneefall – habe ich während der Fahrt hinter mir gelassen. Deshalb bin ich echt froh, wenn ich gleich auf das kuschelige Bett in der kleinen

Pension fallen kann, die mich über die Weihnachtsfeiertage bis ins neue Jahr beherbergt.

Ich werde mich sofort hinlegen und erst einmal ein ausgedehntes Nickerchen halten – das habe ich mir fest vorgenommen. Und an den darauffolgenden Feiertagen werde ich vermutlich das Gleiche tun: wie ein Murmeltier schlafen, bis alle Feierlichkeiten vorbei sind und niemand mehr von mir erwartet, dass ich bei diesem scheinheiligen Theater mitspiele.

Leicht fröstelnd verstelle ich das Heizungsgebläse in den Fußraum, damit meine Füße auf den letzten Metern nicht vor Eiseskälte abfallen.

Obwohl ich Edinburgh warm eingepackt verlassen habe, bin ich in meinem Auto trotz der auf Hochtouren laufenden Heizung nicht besonders gut gegen die klirrende Kälte gewappnet. Ich habe das Gefühl, dass der eisige Wind durch die Verkleidung zieht. Auch die dicke, graue Wollmütze und der kuschelige, rote Schal helfen nicht bei den Minusgraden, wenn der Wagen nur ein dünnes Stoffdach besitzt. Was im Sommer richtig praktisch ist, da ich es nur zurückklappen brauche, um mit wehenden Haaren durch die Innenstadt zu flitzen, erweist sich für Überlandfahrten in der kalten Jahreszeit als großer Nachteil. Trotzdem liebe ich mein Auto. Es ist gemütlich, fährt, ohne zu murren, und das Leder der Sitze ist schön abgewetzt und mit Farbklecksen gesprenkelt.

Ich richte mich im Sitz auf und lasse die Schultern kreisen. Doch viel erreiche ich damit nicht. Mein Hintern ist platt gesessen, und mein Magen verlangt hörbar nach etwas Essbarem. Außer Kaffee und einem gerösteten Toast hat er heute noch nichts bekommen.

Die immer noch in voller Lautstärke aufgedrehte Popmusik verstummt und wird vom Radiomoderator unterbrochen. »*Weihnachten, das Fest der Liebe, steht vor der Tür. Wie verbr...*«, tönt er euphorisch im Weihnachtsrausch, während im Hintergrund *Last Christmas* von Wham läuft.

»*Argh.* Nicht schon wieder!«, fluche ich, als mich eine eisige Gänsehaut überrollt. Genervt verdrehe ich die Augen und würge die Männerstimme mitten im Wort ab, indem ich das Radio leise drehe.

Bei der übertrieben heiteren Stimmlage rollen sich meine Fußnägel nach oben. Noch dazu ist dieser Song vor allem eins: ein nervtötender Ohrwurm.

Jedes Jahr zur Weihnachtszeit läuft er auf allen möglichen Kanälen in Dauerschleife und für mich fühlt es sich an, als ob mein letztes Stündlein geschlagen hat. Halleluja. Kann mal bitte jemand die Zeit vordrehen!

Vielleicht wird es helfen, mich später mit dem erstbesten Whisky zu betäuben, den ich auftreiben kann, um meinen Groll auf Weihnachten zu ertränken. Doch erst einmal muss ich sicher ankommen.

Autofahren bei diesem Wetter ist wirklich eine Wissenschaft für sich, und ich muss höllisch aufpassen, dass ich im Schneetreiben nicht von der Straße abkomme. Bilder malen ist dagegen ein Kinderspiel für mich. Nicht ohne Grund kann ich mich stundenlang darin verlieren. Meine abstrakten Kunstwerke sind zum Glück sehr beliebt und finanzieren meinen Lebensunterhalt. Aber das habe ich auch erst gemerkt, nachdem ich mein Medizinstudium abgebrochen hatte, um mich neu zu finden. Die Krise war für die Erkenntnis anscheinend nötig. Jetzt liebe ich das, was ich tue. Denn ich habe meine größte Leidenschaft zu meinem Job gemacht. Momentan bringt mich das allerdings nicht weiter.

Gereizt umklammere ich das Lenkrad und konzentriere mich auf die schwer passierbare Straße. »Weihnachten ...« Ich rümpfe die Nase, grummle Flüche hinaus und möchte mit den Augen Blitze schießen. »Dieses heuchlerische Getue, pah. Und dieses ganze Lamettazeugs überall ist mindestens genauso furchtbar.«

Weihnachten und ich waren nie Freunde, und werden es auch niemals sein. Schon als Kind haben mir meine fiesen Cousins das Fest gehörig vermiest. Hinterhältig haben sie ein Loch in mein neues Samtkleid gebrannt, wofür ich schließlich die Standpauke kassierte. Diese ungehobelten Rotznasen. Je älter sie wurden, desto unerträglicher waren ihre Gemeinheiten. Schlimmer waren nur die anzüglichen Sprüche von Onkel Rory, der mir unter dem Tisch die fettige Hand aufs Knie legte und sich mit dem Fingernagel die Essensreste zwischen den Zahnzwischenräumen herauspulte. Igitt. Zudem musste meine arme Mutter sich jedes Jahr schon tagelang vor dem Fest abrackern, nur damit die gehässigen Tanten am Ende doch am Essen herummäkelten. Immer mit einem falschen Lächeln auf den Lippen, versteht sich.

Genau diese furchtbar aufgesetzte Harmonie ist der Grund dafür, dass ich seit Stunden im Auto sitze und in die verschlafenste Ecke Schottlands fliehe: in die Highlands, an den nördlichsten Punkt der Karte. Weiter nördlich geht es schon gar nicht mehr, ansonsten würde ich mit dem Po im eisigen Wasser landen. Trotzdem verfolgt mich dieser Weihnachtsmist bis hierher.

Verdammt!

Manchmal fühle ich mich wie der Grinch höchstpersönlich, dabei will ich doch nur, dass man mich mit all dem verschont. Deshalb gehe ich freiwillig und sitze die Feiertage an einem abgelegenen Ort aus. Und wenn die Normalität einkehrt, und alles wieder ruhiger ist, fahre ich entspannt zurück nach Hause. Dann schließe ich meine Galerie auf und starte zuversichtlich ins neue Jahr. Ohne nach Zimt duftende

Christmas Cookies, die jeden Tag aufs Neue in der Bäckerei gegenüber gebacken werden und mich seit Tagen dazu zwingen meine Fenster geschlossen zu halten. Leider erfolglos. Der Duft ist so intensiv, dass sogar meine Bettwäsche danach riecht, und ich sie vor lauter Wut darüber mehrmals die Woche abziehe und wasche.

Vielleicht bin ich doch urlaubsreif. Klingt zumindest ein bisschen danach. Ich hoffe nur, dass die ansprechende Beschreibung meiner Urlaubsunterkunft der Realität standhält und ich keine böse Überraschung erlebe. Ein knarrendes Bett mit einer zu harten Matratze wäre das Letzte, was ich jetzt gebrauchen kann.

»Sie haben Ihr Ziel erreicht. Es befindet sich auf der rechten Seite der Straße«, weist mich *Siri* freundlicherweise darauf hin, dass ich angekommen bin.

Ich blicke mich um. Zögerlich stoppe ich am Straßenrand. »Äh. *Siri,* bist du dir sicher, dass das mein Ziel ist?«

Weit und breit kann ich kein Gebäude entdecken. Außer dem halb im Schnee versunkenen Ortseingangsschild gibt es hier nichts zu sehen. Ist das ein schlechter Scherz? Das kann doch nicht sein, dass mir *Siri* einen falschen Weg nennt, sie weiß doch sonst alles. Wenn ich sie nach dem Wetter frage, liegt sie zu einhundert Prozent richtig.

Mist. Was mache ich denn jetzt?

Die Scheibenwischer quietschen über die Frontscheibe und verschleiern meine Sicht. Nervlich angekratzt, verfalle ich in eine Art Starre. *Habe ich etwas durcheinandergebracht, stimmt die Adresse nicht, oder hat die Kälte auch Siri bereits so sehr zugesetzt, dass sie nicht mehr richtig funktioniert?*

Blinzelnd löse ich mich aus meinem Gedankenkarussell und fische den Ausdruck mit der Adresse aus meiner Handtasche. Hektisch überprüfe ich die Daten und schaue zwischen dem auseinandergefalteten Blatt Papier und meinem Smartphone hin und her. Die Eingabe ist korrekt. Was läuft hier falsch?

Ich schalte den Motor aus. Ungeduldig zoome ich die Karte näher, doch leider klärt sich dadurch das Rätsel auch nicht auf.

Ist das überhaupt die *Beaufort Lane 34*? Bin ich am richtigen Ziel? Oder liegt doch eine Verwechslung vor?

Das Ortsschild bestätigt mir zumindest, dass ich im richtigen Dorf angekommen bin. Aber der Rest stinkt zum Himmel – und zwar gewaltig.

»Hey, *Siri,* willst du mich veräppeln?«, hake ich nach, ohne eine Antwort zu erwarten.

»Nö!«, schleudert sie mir entgegen.

Entsetzt lege ich meine Stirn auf dem Lenkrad ab und stöhne laut auf. Selbst darauf reagiert sie. Natürlich. Warum ist dann an der eingegebenen Adresse das ‚Holy-Bell's-House' nicht zu finden?

Warum erwarte ich auch, dass etwas in meinem Leben mal auf Anhieb glatt verläuft? Ist das zu viel verlangt? Stattdessen musste ich immer hart für meine Ziele kämpfen und mich jedes Mal aufs Neue beweisen. Allein die Fahrt bis hierher glich einer Tortur und verlangte mir einiges ab. Als ich die Innenstadt verlassen wollte, stand ich eine geschlagene Stunde im Stau.

Nichts ging mehr.

Kein Wunder, an den Weihnachtsfeiertagen drehen eben alle durch. Ich wollte ihnen Platz machen, mich verkrümeln, damit einer weniger unterwegs ist. Aber sie ließen mich nicht raus.

Schätzungsweise nach hundert Kilometern flog mir der linke Scheibenwischer um die Ohren, und am Christmas Eve mal eben jemanden zu finden, der genau dieses Modell auf Lager hat, grenzte ironischerweise fast schon an ein Weihnachtswunder.

In einer Baustelle mitten auf der Landstraße erlitt ein Lkw einen Motorschaden und bescherte mir die nächste Unterbrechung. Schlimm, wenn man ausgerechnet dann vom Kaffee pinkeln muss, weit und breit nur ein Busch zu sehen ist, und blökende Schafe es besonders lustig finden, wenn man in der Hocke versucht, seine Notdurft zu verrichten. So schnell habe ich mir noch nie die Hose wieder hochgezogen und bin zurück zum Auto gerannt.

Zu allem Überfluss wollte der Wettergott auch noch schnell alle Register ziehen. Strömender Regen, Hagel, und danach folgte ein Schneesturm der Stufe 10, der meine Sicht auf ein absolutes Minimum beschränkte. Mehr als Schritttempo war nicht drin.

Aber warum wundere ich mich überhaupt, dass der Tag so verläuft? Bei mir ist sowas ja fast schon der normale Wahnsinn. Vielleicht hatte ich insgeheim gehofft, dass mir ausgerechnet heute mal das Glück zur Seite steht. Doch was ist schon Glück? Ich besitze ein schickes Reihenhaus mit eigenem Atelier und male bis tief in die Nacht hinein, damit muss ich doch wohl zufrieden sein. Und dass der letzte Auftraggeber sich als kompletter Vollidiot entpuppte, konnte ich vorab auch nicht ahnen. Nun habe ich ein Bild im Lager stehen, das erst einmal so lange in meinem Besitz bleibt, bis der Kunde endlich bezahlt. Trotzdem ärgert mich die Tatsache, dass ich in seinem Fall auf die Anzahlung verzichtet habe, weil er so charmant zu mir war. Ich habe mich blenden lassen. *Männer!*

Deshalb tut es mir mehr als gut mal rauszukommen, um abzuschalten. Denn wie ich mich kenne, würde ich ansonsten sowieso durchgängig malen und mich von der Außenwelt abschotten.

Wenn ich ehrlich bin, habe ich mir dennoch schon

ungefähr auf der Hälfte der Strecke gewünscht, zu Hause geblieben zu sein. Gemütlich bei einer heißen Tasse Tee auf der Couch eingekuschelt, um irgendeine Krimiserie auf Netflix zu schauen. Aber in Edinburgh zu bleiben, war keine Option. Denn dann wäre ich vermutlich früher oder später wieder bei Freunden zum Weihnachtsbrunch gelandet, weil ja alle Mitleid haben, mich dafür bedauern, dass ich Single bin, und nicht verstehen können, dass ich gern auch mal Zeit allein verbringe.

Ich bin eben ein glücklicher Single. Merken die das denn eigentlich nicht?

»Weihnachten soll man nicht allein feiern. Weihnachten ist das Fest der Liebe, wir alle lieben dich. Weihnachten ist da, um Freude zu teilen.«

Argh, die Stimmen in meinem Kopf werden immer lauter und klopfen energisch an die Seitenscheibe. *Huch,* was ist denn nun los? Fantasiere ich?

Ich hebe den Kopf und sehe, wie jemand ans Fenster trommelt. Meine Güte, habe ich mich jetzt erschrocken. Ich war völlig in meinen Gedanken versunken und drauf und dran, in meinem Selbstmitleid zu ertrinken. Hier, mitten auf der Straße im Nirgendwo.

Wie versteinert starre ich die Person an, die nun etwas energischer klopft.

Soll ich den Motor starten und einfach losfahren?

Oder denjenigen da draußen fragen, warum er so ungehalten ist? Ich entscheide mich für Letzteres, weil mich in meiner Situation sowieso nichts mehr schocken kann.

Langsam lasse ich die schützende Scheibe heruntergleiten und gucke unmittelbar in zwei absolut atemberaubende, grüne Augen. Ich blinzle. Doch als sich mein Blick wieder scharf stellt, steht der Unbekannte mit der unglaublich schönen Augenfarbe immer noch vor mir und starrt mich finster an.

Dumme Sprüche kann ich mir wohl klemmen. Ich brauche schließlich Hilfe. Ich kann nur noch nicht einordnen, ob dieser Fremde sich als Retter eignet oder mich lieber zum Mond schießen will.

»Hey ...«, begrüße ich ihn mit aufgesetzter Gelassenheit und recke mein Kinn nach oben, um ihn besser ansehen zu können. Seine smaragdgrünen Augen funkeln unwiderstehlich, vor diesem Blick muss man sich gewaltig in Acht nehmen.

»Hey, hier kannst du nicht parken«, brummt er mürrisch. »Ich habe bereits mehrfach gehupt, aber du hast nicht reagiert.«

Na super, so einer hat mir gerade noch gefehlt.

»Entschuldige, ich war in Gedanken. Ähm ... Natürlich. Ich will hier auch gar nicht parken. Wie es scheint, habe ich mich verfahren, oder das Navi erlaubt sich mit mir einen Scherz. Äh ... so genau weiß ich das noch nicht. Vielleicht könntest du mir weiterhelfen und mir verraten, wo ich hier gelandet bin?«, plappere ich unkontrolliert drauf los. Was mir immer passiert, wenn ich aufgeregt bin.

»Das ist die Hauptstraße von Durness, und du stehst direkt vor meiner Einfahrt.«

Schlaumeier. Dass ich in Durness bin, weiß ich auch. Nicht gerade hilfreiche Informationen, die er mir gibt.

Ich schaue mich um und sehe einen schmalen, schneebedeckten Weg, der auf den zweiten Blick einer Zufahrt gleicht. Warum ist mir das gerade nicht aufgefallen?

»Oh …«, entweicht es mir. »Das tut mir leid, durch die schlechte Sicht habe ich wohl ein bisschen die Orientierung verloren.« Und durch den Umstand anscheinend auch meinen Verstand. On top bewirkst du gerade das Gleiche.

Heilige Scheiße.

Winzige Schneeflocken legen sich auf seinem dunklen, fast schwarzen, gelockten Haar ab. Er ist unverschämt attraktiv. Für meinen Geschmack allerdings viel zu arrogant. Wer ist er, der letzte Duke des Nordens? Oder warum führt er sich so auf? Rein optisch gesehen würde ich ihm den Titel ohne Weiteres verleihen. Denn in seinem dicken Steppmantel mit Fellkapuze und dem bunten, voluminösen Schal sieht er umwerfend aus.

Lässig streicht er sich durch die Locken, und sein Blick gleitet langsam über mein Gesicht. Mich durchläuft bei der intensiven Musterung ein wohliger Schauer. Aber ich besinne mich und hebe das Kinn ein Stück. Verunsichern lasse ich mich nicht so schnell. Im Gegenteil. Ich kann nicht behaupten, dass mir das Blickduell missfällt oder mich kaltlässt. Irgendetwas hat er an sich, das mich neugierig macht.

»Wo willst du denn hin?«, fragt er und wirkt nun etwas zugänglicher.

»Zum ‚Holy-Bell's-House'.« Ich freue mich, dass er mir hilft, und lächle ihn an.

»Holy-Bell's-House?« Er sieht mich fragend an. »Das gibt es hier in der Gegend nicht.«

Erschrocken reiße ich die Augen auf. »Nicht?!« *O Gott. Macht er Witze?*

Er schüttelt den Kopf. »Nein. Davon habe ich noch nie etwas gehört. Wo soll das denn sein?«

»Äh ...« Unsicher nehme ich die Hotelreservierung vom Sitz und reiche sie ihm. »In Durness, steht zumindest in der Bestätigung.«

Seine Finger streifen meine, als er das Schriftstück entgegennimmt, und diese flüchtige Berührung schafft es, sehnsuchtsvolles Bauchkribbeln in mir hervorzurufen.

Atemlos und mit wild klopfendem Herzen schaue ich ihm in die Augen. Spürt er das auch, oder bilde ich mir die Anziehung nur ein? Denn sein durchdringender Blick lässt die Frage berechtigterweise aufkommen.

Leider unterbricht er unsere Verbindung sofort wieder und widmet sich dem Schreiben. Ich nutze die Gelegenheit und betrachte ihn nun aus nächster Nähe.

Lange, dunkle Wimpern umrahmen seine außergewöhnlich grünen Augen, die unglaublichsten Augen, die mir bisher untergekommen sind. Nach meinen, die seinen sehr ähneln.

Unmöglich eigentlich.

Seine markanten Wangenknochen werden von einem dunklen Bartschatten bedeckt, der in mir den Wunsch weckt, mit meinen Fingern darüber zu streichen. Gerade Nase, kantiges Kinn, große Statur, und wenn ich mich nicht täusche, verbergen sich unter seiner Jacke breite, sportliche Schultern. Er sieht aus wie der schottische Liebesgott. Fehlt nur, dass er gleich auf einem Rappen davonreitet, dann wäre mein Märchen perfekt.

Obwohl ich offensichtlich in der Zwickmühle stecke, kann ich mir ein Schmunzeln bei seinem atemberaubenden Anblick nicht verkneifen.

Sein Atem steigt empor und ein undefinierbarer

Ausdruck huscht über sein Gesicht. Mein Herzschlag beschleunigt sich, als er mich wieder ansieht.

»Alison ...«, murmelt er. »Ich befürchte, man hat dich mit einer Fake-Buchung übers Ohr gehauen.«

»Was?«, kreische ich entsetzt auf und schlage mir die Hände vors Gesicht. *O nein! Was nun?* »Wie kommst du zu dieser Annahme?«, frage ich ihn mit zittriger Stimme. In meinem Kopf dreht sich alles, und ich fühle mich wie in einem Strudel gefangen, bei dem mir langsam der Sauerstoff ausgeht.

Der Unbekannte gibt mir die Bestätigung zurück, die ich aufgelöst auf den Beifahrersitz gleiten lasse. O Gott. Was mache ich denn jetzt? Meine Nerven liegen nun vollkommen blank.

»Die Straße gibt es. Aber deine gebuchte Unterkunft ist erfunden. Die Namen sagen mir gar nichts.«

Verzweifelt versuche ich, meine Gedanken zu ordnen, was mir total misslingt. »Wo soll ich denn jetzt hin? Und wer bist du, Mr. Allwissend, oder was?«

Woher will ich wissen, dass er die Wahrheit sagt? Vielleicht ist er es, der sich mit mir einen Scherz erlaubte. Meine Kohle abkassierte, und sich nun über mich lustig macht. Heutzutage weiß man ja nie, an wen man gerät.

Gleichgültig zuckt er mit den Schultern und vergräbt seine Hände in der Jackentasche, während sich auf seiner Stirn eine steile Falte bildet. »Hör mal, ich kann nichts für dein Dilemma. Wenn ich nicht zufällig auf dem Weg nach Hause wäre, würdest du immer noch ratlos vor dich hinstarren, ohne zu wissen, dass man dich verarscht hat.«

Seine Stimme klingt schroff. Irgendwie kann ich seine Reaktion verstehen. Mein Spruch war unangebracht. Mich macht meine aussichtslose Situation gerade echt fix und fertig. Wo soll ich denn übernachten? Ich bin übermüdet und nervlich sehr stark angeschlagen. Hier werde ich keine zweite Übernachtungsmöglichkeit finden, und woanders sind die wenigen Unterkünfte sicher auch belegt. Es ist grauenhaft. Ich kann schlecht in meinem Auto schlafen. Und die Aussicht darauf, nach dieser Höllenfahrt den ganzen Weg wieder zurück nach Hause zu fahren, ist auch nicht viel besser. *Oh, Karma* ... Was habe ich nur schon wieder verbrochen?

Wortlos und beschämt umklammere ich das Lenkrad und lasse meinen Kopf darauf sinken. »Erdboden hilf mir, tu' dich auf und verschluck mich – sofort«, flehe ich stumm.

Meine Atmung wird schwerer, weil der Knoten in meinem Magen zu platzen droht. Heiße Tränen sammeln sich in meinen Augenwinkeln. *O nein,* das auch noch, bitte nicht. Ich kann doch nicht vor einem Wildfremden anfangen zu weinen.

Ungleichmäßig schnappe ich nach Luft, sodass mir von der hektischen Atmung schon schwummerig wird. Ich will unbedingt verhindern, ausgerechnet jetzt und hier in Tränen auszubrechen. Doch mein schwacher Geist gewinnt. Erste Tränen tropfen auf meine Jeans und mein Körper beginnt zu beben. Hemmungslos schluchze ich los.

»Äh ... Alison, der Name auf der Bestätigung ist doch deiner?«

»Ja«, krächze ich und wische mir die Tränen mit dem Handrücken weg.

»Vielleicht kann ich dir helfen ...«

»Und wie?«, jammere ich mit tränenerstickter Stimme. Wie will er mir denn helfen?

Er räuspert sich und präsentiert mir sein verführerisches Lächeln, das mich schlagartig von meinem eigentlichen Problem ablenkt. »Zufälligerweise brauche ich für heute Abend noch eine Begleitung. Eventuell, selbstverständlich. Nur unter der Voraussetzung, dass du auf meinen Vorschlag eingehst, hätte ich für dich danach ein sauberes Gästezimmer, das du benutzen kannst.«

Mit weit aufgerissenen Augen starre ich ihn an. Die Kälte muss meine Sinne nun vollständig vernebelt haben. Was hat er gesagt? In welcher Schneewehe bin ich denn gelandet? Ich träume doch. Er fragt mich ..., nein, was denke ich, er schlägt mir einen Deal vor, damit ich einen Übernachtungsplatz habe.

»Ich soll bei dir übernachten?«, frage ich, um mich zu vergewissern, dass ich mich nicht verhört habe.

»Ja, warum nicht?« Lässig zieht er seine Schultern hoch. »Du begleitest mich, und als Gegenleistung erhältst du einen Schlafplatz«, erklärt er mir nüchtern und unbefangen seinen Vorschlag.

»Klingt das nicht nach einem unmoralischen Angebot? Außerdem kenne ich dich doch gar nicht.«

»Warum?« Er lacht. »Alison, wir leben im einundzwanzigsten Jahrhundert. Was soll unmoralisch daran sein, wenn ich dir für eine Nacht einen Schlafplatz anbiete? Schließlich kenne ich dich doch auch nicht.«

Angesteckt von seiner Lässigkeit, lächle ich. Allmählich entspanne ich mich wieder und der Reiz des Unbekannten überwiegt. »Zumindest kennst du meinen Namen«, gebe ich ihm mit lockerer Zunge zur Antwort.

Kann ich ihm vertrauen? Gefangen zwischen Abenteuerlust und Misstrauen wäge ich das Für und Wider ab. Eigentlich habe ich keine andere Wahl. Ich könnte natürlich weiterfahren, an allen Türen klingeln, und um eine warme Mahlzeit und einen Platz zum Schlafen betteln. Wie armselig wäre das? Vor mir steht der heißeste Typ, dem ich in letzter Zeit begegnet bin, und bietet mir eine Lösung für mein Problem. Wie ein

Massenmörder sieht er außerdem nicht aus. Was spricht also gegen seinen Deal?

Er reicht mir die Hand. *Wow.* Stromstoßgefahr. Sobald er mich berührt, ist da wieder dieses prickelnde Knistern, das meinen Puls extrem in die Höhe treibt.

»Entschuldige, ich bin Baxter Henderson, der Zweite.«

Baxter Henderson, der Zweite. Amüsiert stelle ich fest, dass vor mir tatsächlich ein waschechter Duke steht.

»Was ist?« Neugierig durchbohrt er mich wieder mit seinem Blick und bedenkt mich mit einem schiefen Grinsen.

In seiner Nähe lösen sich all meine Sorgen in Wohlgefallen auf.

»Wirklich, der Zweite?«

»Ja, mein Dad ist der Erste.«

Verstohlen mustere ich ihn. »Interessant ...« Baxter Henderson, du wirkst nicht nur geheimnisvoll, du bist es wirklich.

Baxter klopft sich den Schnee von der Jacke. »Also, was sagst du? Ich wäre dir nämlich echt dankbar, wenn ich jetzt langsam mal ins Warme kommen könnte. Sonst liege ich heute Abend mit einer Lungenentzündung im Bett, und dann würden wir die Weihnachtsparty verpassen. Das wäre doch ein Jammer.«

Bett! Bett? Ich verstehe nur noch Bett. Was ist ein Jammer? Weihnachtsparty? Welche Weihnachtsparty? Heute?

Verwirrt ziehe ich die Stirn kraus. »Wohin? Welche Party?« Schon wieder ploppen dutzende Fragezeichen in meinem Kopf auf.

Mit beiden Händen stützt er sich am Dach meines Autos ab und lehnt sich so weit nach vorn, dass ich seinen frischen Duft riechen kann. *O Mann*, riechst du lecker.

»Unsere Abmachung, Alison. Unser Weihnachtsdeal. Du kommst mit zur Party und darfst in meinem Bettchen schlafen.«

»Nein. Äh ... Weihnachtsparty? Ich kann nicht.« Meine Güte. Er muss mich doch glattweg für irre halten.

»Brauchst du doch keinen Schlafplatz?«, zieht er mich auf.

»Doch!«, presche ich vor. »Ich wünsche mir nichts sehnlicher, als die Nacht in einem Bett zu verbringen. Aber ich kann nicht zur Party mitkommen.«

Er schnauft und wirkt genervt. »Warum?«

»Ich hasse Weihnachten.«

Sofort bricht er in schallendes Gelächter aus. »Nicht schlimm. Ich hasse meine Familie, damit wären wir dann wohl quitt.«

Ich schlucke. Was soll ich tun? Genau davor bin

ich geflohen, und nun soll ich wegen eines lausigen Weihnachtsdeals über meinen Schatten springen?

»Können wir nicht einen Kompromiss finden?«, hake ich vorsichtig nach und hoffe, dass sich Baxter irgendwie erweichen lässt.

»Nein. Deal ist Deal. Bett gegen Party. Ohne Party kein Bett. Entweder du stimmst dieser kleinen Vereinbarung zu, oder du wirst hier draußen in der eisigen Kälte einsam und allein erfrieren.«

Ich seufze schwer. Dann reiche ich ihm zögernd meine Hand und sage: »Deal.«

2

BAXTER

»Du bist mein Geschenk des Himmels. Glaubst du an Schicksal?«

Mit meiner Bemerkung bringe ich Alison sichtbar in Verlegenheit, denn ihre Wangen laufen rot an, als sie aus dem Gästezimmer zurückkehrt, in dem sie sich gerade für die Weihnachtsparty frisch gemacht hat. In unserer vertrackten Familie ist es Tradition, den Christmas Eve im großen Kreis zu zelebrieren.

Über den Rand des Whiskyglases mustere ich sie ungeniert. Es gefällt mir zu gut, was ich sehe. Sie war der Meinung, dass sie keine Kleidung dabeihat, die elegant genug ist. Wenn sie wüsste, wie zauberhaft sie in der schwarzen Jeans und dem Oberteil aussieht, das ihr halb über der Schulter hängt und mir einen fantastischen Ausblick auf ihre nackte Haut gewährt, würde sie vermutlich ihren dicken Winterpulli wieder überziehen. Oder schätze ich sie falsch ein? Es reizt mich, ihr ein Kompliment zu machen, um ihr die nächste Reaktion zu entlocken. Doch das hebe ich mir für später auf. Erst muss ich ihr noch beichten, dass sie heute eine besondere Rolle spielen soll. Denn ich werde Alison meiner Familie als meine neue Freundin vorstellen.

Verlegen streicht sie ihr seidiges, dunkles Haar nach hinten und nimmt auf der dunkelgrauen Couch gegenüber von mir Platz. Sie starrt mich eindringlich an, ignoriert aber meinen Kommentar, und streicht stattdessen mit der Handfläche über den weichen Filzstoff der Polsterung.

Schade. Ich hätte zu gern erfahren, wie sie darüber denkt. Denn es ist wahr: Sie ist mein Geschenk des Himmels. Allein, ohne Begleitung, würde ich diesen Abend heute nicht überstehen. Ich kann von großem Glück sprechen, dass Alison aus dem Nichts vor der Einfahrt zu meinem Cottage aufgetaucht ist.

»Was anderes habe ich leider nicht dabei.« Sie zupft an ihrem Oberteil herum. »Ich hoffe, das ist okay? Auf Ausgehen und schicke Events war ich nicht eingestellt.«

Ich beuge mich vor und stelle das Whiskyglas auf dem Tisch ab. »Mir gefällt's …«, sage ich möglichst gleichgültig, was die Untertreibung des Jahrhunderts ist. Denn in meinem Kopf spielt sich gerade ein so gar nicht jugendfreier Film ab. Ihr spitzer Schulterknochen fasziniert mich sehr und lenkt meine Aufmerksamkeit auf den Rand ihres Ausschnitts. Zu gern wüsste ich, was sie unter diesem lässigen Oberteil trägt.

Ich räuspere mich und reiße mich mühsam von ihrem Anblick los, da meine untere Körperregion mich etwas in Schwierigkeiten bringt. Seitdem sie im Wohnzimmer aufgetaucht ist, bin ich steinhart. Sie macht mich total an.

Eine angenehme Stille breitet sich zwischen uns aus. Alison schenkt sich etwas von dem Tee ein, den ich ihr zubereitet habe. Das Feuer knistert leise im Kamin und füllt den großen, offenen Raum mit Wärme. Die beiden Stehlampen spenden genügend Licht, um die hellen Wände und die teils dunklen Möbel in eine wohlige Atmosphäre zu verwandeln. Vor den bodentiefen Fenstern, die zum Garten führen, lässt der Wind den Pulverschnee im Terrassenlicht tanzen. Das hier fühlt sich gemütlich, fast behaglich romantisch an, und das schreckt mich zu meinem Erstaunen nicht mal ab, wie es sonst der Fall ist, wenn eine Frau in meine Privatsphäre eindringt.

In der Regel hege ich in erster Linie eine Vorliebe für bedeutungslose One-Night-Stands. Keine Gefühle. Keine Verpflichtungen. Kein Drama. Sobald es zu eng wird, ziehe ich mich zurück. Und das funktionierte bis jetzt fantastisch. Zwar hat es mir schon einige wüste Beschimpfungen eingebracht, aber damit kann ich leben. Ich lasse die Frauen nie im Unklaren über meine Absichten und stelle von Anfang an klar, was sie von mir erwarten können – und was eben nicht.

In Alisons Nähe jedoch entspanne ich mich. Sie schafft es, mich mit ihrer Stimme und ihren Bewegungen magisch anzuziehen. Es sollte mich erschrecken, tut es aber nicht. Ganz im Gegenteil ich genieße ihre Gegenwart in vollen Zügen.

Als wir am Haus ankamen, musste ich mich erst einmal um den Schnee kümmern, der sich vor der Eingangstür auftürmte.

Alison stieg aus, stapfte durch die tiefe Schneedecke und hauchte kleine Atemwölkchen in den Himmel. Schneeflocken setzten sich dabei auf ihre Nasenspitze. Sie wirkte plötzlich richtig unbeschwert und steckte mich damit an.

Es gefiel mir, sie unauffällig aus den Augenwinkeln zu beobachten. Am liebsten wäre ich zu ihr gerannt, hätte ihr die Wollmütze über die Augen gezogen und ihren vorlauten Mund geküsst. So verlockend war das Bild, das sie dort im Schnee abgab.

Sie im Auto weinen zu sehen, hat meine harte Schale mysteriöserweise erweichen lassen, und ich ertappte mich dabei, wie mein Herz immer schneller schlug, als sie mich anlächelte. Ihre wunderschönen grünen Augen waren mit Tränen verschleiert und sie erweckten in mir den Retter in der Not.

Neugierig sah sie sich um. Schnappte sich die Fußmatte und klopfte sie an der Mauer, die rings um das Cottage führt, aus. Dass sie ohne Aufforderung mit anpackte, überraschte mich und weckte in mir den Wunsch, mehr von dem süßen Geschöpf zu erfahren, das vor einer Stunde noch völlig verzweifelt war. Wer ist sie?

Nachdem wir das Haus betreten hatten, holte ich neues Kaminholz und betätigte den Hauptstromschalter. Denn es ist mein erster Besuch hier seit sechs Monaten. Und ich werde auch nicht lange bleiben. Nach den Feiertagen reise ich wieder ab.

»Dein Cottage ist wirklich sehr hübsch. Gemütlich und sehr einladend.« Schmunzelnd unterbricht sie meine Gedanken, in denen sie unwissentlich die Hauptrolle spielt. »Lebst du sonst nicht hier? Ähm ... Entschuldige meine Neugierde, aber die Weihnachtsdeko-freie-Zone ist für mich echt ein Traum. Du kannst dir nicht vorstellen, wie toll das ist.«

Und du kannst dir gar nicht vorstellen, wie toll es ist, dir gegenüber zu sitzen.

Sanft pustet sie in ihren Tee, während mich ihre Augen interessiert mustern.

»Deine Neugierde gefällt mir.« Sie blinzelt überrascht, kommentiert meine Aussage aber nicht. »Die

Antwort auf deine Frage lautet: Nein. Ich lebe in London.«

»Wow, dann war dein Weg noch weiter als meiner.«

»Ich bin aber bis Glasgow geflogen und von dort erst mit dem Auto weitergefahren. Die Strecke müsste identisch sein. Anstrengend und langwierig.«

»Warst du deshalb so barsch? Oder liegt das in deinen Genen?«

Da ist es wieder, das vorlaute Mundwerk. Schallend lache ich los. »Könnte sein. Aber davon kannst du dich nachher selbst überzeugen.« Relaxt lege ich meinen Fußknöchel oberhalb meines Knies ab und sinke in die dicke Polsterung. »Sorry! Das war zu komisch.«

Alison verzieht ihr Gesicht, als ob sie in eine Zitrone gebissen hätte. »Du musst dich nicht entschuldigen. Ich war auch nicht besser.«

»Zum Glück. Deshalb musste ich mich erst gar nicht für mein blödes Benehmen entschuldigen. Du bist nämlich mindestens ebenso ungehobelt«, scherze ich.

Sie schmunzelt. »Dito. Und was treibst du dort in der Metropole: London?«

Hat sie mich jetzt wirklich gefragt, was ich treibe? O fuck. Warum benutzt sie nur solche Wörter und lässt mein bestes Stück damit zuckend wieder zum Leben erwachen?

Ich weiß sehr wohl, was sie wissen will. Aber wenn ich ‚treiben' höre, löst das bei mir definitiv andere Assoziationen aus. Zumindest in ihrer Gegenwart. Ich bin völlig verrückt nach ihr.

Okay. Es scheint so, dass sie mich nicht kennt, trotzdem fühle ich ihr auf den Zahn und ziehe empört eine Augenbraue nach oben. »Hast du noch nie von Baxter Henderson gehört?«

Wieder präsentiert sie mir ihr Zitronengesicht. »Nein, sollte ich?«

Ungläubig schüttle ich den Kopf. »Alison! Nach Fußball ist es der wichtigste Sport in Großbritannien.«

»Äh ... und das soll mir was sagen?«, fragt sie und mustert mich stirnrunzelnd.

»Ich bin Profi-Polospieler.«

Ihre Wangen glühen, und ich finde sie ungeheuer sexy, als sie sich vor Scham windet.

»Ach ... interessant.« Ihr Blick streift den Raum. »Damit kann man Geld verdienen?«

Volltreffer. Ein Schmunzeln kann ich mir nicht verkneifen, weil ich solche Art von Kommentaren nur zu gut kenne. Heute stört es mich nicht mehr. Mit dem, was ich tue, habe ich viel Erfolg, und kann mehr als gut davon leben. »Du klingst wie mein Vater.« Ich kann sehen, dass ihr irgendetwas durch den hübschen Kopf schießt. »Und was treibst du?«, frage ich mit einem breiten Grinsen und kann nicht anders, als ihr verlockendes Wortspiel einfach aufzugreifen.

Ihre Augen beginnen zu strahlen. »Ich male, besitze eine eigene Galerie und hasse Weihnachten. Reicht die Zusammenfassung? Ach ... Fast hätte ich es vergessen: Ich bin Single.«

Erwähnt sie ihren Beziehungsstatus, weil ich es wissen sollte, oder gehört diese Art von Vorstellung in ihr Standardrepertoire? Ihr außergewöhnlicher Charme fesselt mich. Ich mag ihre unverfälschte Art, die von der grellen, blauen Strähne in ihrem dunklen Haar unterstrichen wird. Optisch ist sie pure Kunst und hat sich dabei doch ihre natürliche Art bewahrt.

»Entschuldige, dass ich dich nicht erkannt habe, aber mit Sport hab ich es nicht so. Das wäre ja so, als wenn ich dich fragen würde, wer Marc Chagall war. Oder?«

Gespielt nachdenklich lege ich die Stirn in Falten und täusche den Ahnungslosen vor. »Maler?«

Mit dem ausgestreckten Finger zeigt sie auf mich, als ob sie mich erdolchen möchte, und rutscht an die Kante der Sitzfläche. »Ha. Das ist unfair. Du weißt ja nun schon, dass ich Künstlerin bin.«

»Ist er Maler?«, ziehe ich sie weiter auf.

»Als ob du das jetzt nicht wüsstest ...« Sie kichert.

Amüsiert zucke ich mit den Schultern. »Komm, die Vorlage war zu gut.«

Sie grinst zurück, mehr Bestätigung brauche ich nicht. Was das Thema Humor betrifft, liegen wir eindeutig auf derselben Welle. Ob sie immer noch lacht, wenn sie erfährt, welche Rolle sie heute Abend an meiner Seite spielen soll?

Rein optisch gesehen, passen wir ausgezeichnet zusammen. Ihre Augen haben fast denselben Farbton wie meine, grün wie bei einer scharfsinnigen Katze. Ob sie ihre Krallen im Bett ausfährt? Meine Gedanken driften schon wieder ab. Deshalb arbeite ich ihre Antworten der Reihe nach ab.

»Wo ist deine Galerie?«

»In der Oxfort Street. Kennst du dich in Edinburgh aus?«

»Yep. Dort habe ich Management studiert.« Wie der Lackaffe von Stiefbruder, dem ich heute Abend wieder gegenübertreten werde, damit er mir, wie jedes Jahr an Weihnachten, seinen steilen Aufstieg in unserer Firma unter die Nase reiben kann. Es kotzt mich so an.

Jedes Mal aufs Neue muss ich mich zusammenreißen, nicht handgreiflich zu werden, und ihm seine hässliche Visage zu polieren. Aber ich will mir an ihm nicht die Finger schmutzig machen. Was ich ohne Weiteres könnte.

Heute Abend habe ich mal die Trümpfe in der Hand. Mit meinem Überraschungsgast wird keiner rechnen, weil ich ja in der gesamten Verwandtschaft als ein herrenloser Streuner gelte, der nie Fuß fasst und auf ewig Single bleibt. Ich bin das totale Gegenteil von Colton.

Neugierig hake ich nach. »Du malst? Das klingt spannend. Was malst du?«

»Hauptsächlich abstrakte Kunst, mit den unterschiedlichsten Materialien veredelt«, erklärt sie mir und ihr Gesicht strahlt innere Zufriedenheit aus.

»Wenn ich das nächste Mal in Edinburgh bin, werde ich dir einen Besuch abstatten.« Und das sage ich nicht nur aus Höflichkeit. Das ist ernst gemeint.

Verträumt lächelt sie mich an, und ich kann mich an diesem Ausdruck auf ihrem hübschen Gesicht gar nicht sattsehen. Sie ist mehr als ein Geschenk des Himmels.

»An meinen Bildern kannst du zu hundert Prozent sehen, wie meine Stimmung war. Das ist ein Geheimnis, behalte es für dich«, sprudelt es über ihre sinnlichen Lippen.

»Dein Geheimnis ist bei mir sicher.« Ich verschließe meinen Mund mit dem imaginären Reißverschluss.

Sie grinst, und mein Schwanz zuckt. Heiliger Scheiß, Alison. Es ist besser, wenn wir gleich losfahren und uns zum Henderson'schen Manor begeben. Wo eisige Temperaturen das gesamte Jahr über herrschen – nicht nur im Winter.

»Klär mich auf. Du wolltest dich in der Einöde von Durness verkriechen, um Weihnachten zu entkommen. Warum?«

Sie öffnet den Mund und schließt ihn wieder. »Jetzt brauche ich auch einen Whisky.«

Ich lache. »Okay ... so schlimm?«

»Schlimmer.«

Ich erhebe mich und gieße ihr etwas von dem besten Whisky nach Opas Geheimrezept ein. Gott hab ihn selig. Er hat meiner Familie viel zu viel Gutes hinterlassen, womit die Erbschleicher, allen voran mein unliebsamer Stiefbruder, nicht umgehen können.

Nur gut, dass sie mich und meinen Anwalt bei jedem Schritt um Erlaubnis fragen müssen, weil mir einundfünfzig Prozent der Firmenanteile gehören, was allen ein Dorn im Auge ist.

Ihnen wäre es lieber gewesen, ich hätte auf mein Erbe verzichtet, mich aus allem zurückgezogen und nur das Cottage genommen, das Colton am liebsten auch besitzen würde. Schleimer. Ich hege einen regelrechten Groll auf ihn. Er wollte immer das haben, was mir gehört. Nur eines hat er bekommen. Damals hat es mich schwer getroffen, heute bin ich froh, dass Lexi sich für Colton entschieden hat. Denn sie ist genauso berechnend wie er. Ihr Status war ihr wichtiger als ich. Für mich war es ein Grund mehr, nach dem Studium nach London zu ziehen. So weit weg wie nur möglich.

Ich reiche Alison das Glas, und unsere Fingerspitzen berühren sich. Wow. Hat es gerade gefunkt? Ihre Augen leuchten, und ich versinke darin. Schnell setze ich mich wieder hin und reibe mit der anderen Hand gedankenverloren über die Fingerkuppe, die sie berührt hat. Was passiert hier mit uns?

»Danke«, wispert sie und nippt an der goldenen Flüssigkeit, nachdem sie etwas von dem Wasser aufgefüllt hat, das in einer Karaffe vor ihr auf dem Tisch steht. Ein Schotte trinkt den Whisky niemals pur. Diesen Brauch hat man ihr wohl in die Wiege gelegt. Wie wunderbar, mal keine Frau, die nur auf Champagner besteht.

Eindeutig hat sie das Knistern auch gespürt, das hat mir ihr sehnsüchtiger Blick verraten.

»Weihnachten. *Argh.* Der ganze Trubel ist so gar nicht meins. Es war nicht immer so, aber ... Alles daran erdrückt mich. Meine Vergangenheit ist schuld daran, dass es so ist.« Fragend hebt sie eine Augenbraue. »Willst du damit gelangweilt werden?«

»Alison, du langweilst mich nicht. Komm. Schieß los!« Wie könnte sie mich langweilen? Es juckt mich in den Fingern, alles von ihr zu erfahren.

»Okay ...« Sie nimmt einen weiteren Schluck vom

Whisky und verzieht ihren Mund. Er ist stark. Kein Wunder, denn er ist vierzig Jahre alt und besitzt einzigartige Aromen.

Alison atmet tief ein und lässt die Luft geräuschvoll entweichen. »Meine Eltern waren die absoluten Christmas-Freaks. Jedes Jahr musste ich das Dekodrama ertragen. Je bunter, überladener und schriller, desto besser. Tagelang haben sie alles aufgebaut, geschmückt und sich wie Weihnachts-Hippies aufgeführt.« Sie verdreht die Augen und schüttelt den Kopf. »Als ich noch sehr klein war, fand ich das Geblinke total süß. Aber ich dachte immer, sie würden es dann irgendwann sein lassen. Irrglaube.« Ihre Wangen glühen. Sie wirkt sehr aufgebracht. »Doch das Schlimmste an den Weihnachtstagen waren noch nicht mal die überladene Deko und der Zimtgeruch im Haus. Nein!«, schimpft sie. »Es waren die ganzen Verwandten, die dann eintrudelten. Das komplette Jahr über hatten wir keinen Kontakt. Meine Eltern zogen über Onkel, Tanten, Schwestern und deren Kinder her.« Sie schnauft und springt auf. Mit verschränkten Armen bleibt sie vor dem Panoramafenster stehen und blickt in die Dunkelheit. Leise spricht sie weiter. »Aber Weihnachten standen sie alle bei uns auf der Matte. Überschwänglich fielen sich alle in die Arme, und es herrschte auf einmal pure Harmonie. Alles eine eklige Lüge. Das Haus glich in dieser Zeit einem Irrenhaus. Wir hatten damals einen Hund. Ich bin mit ihm stundenlang im Park verschwunden, um meinen Cousins und Cousinen aus dem Weg zu gehen. Sie sind grauenhaft. Durch all diesen Mist habe ich ein Trauma erlitten. Eindeutig. Ich bin für immer verdorben.«

Kurz fluten bei ihrer Wortwahl erneut ziemlich unanständige Bilder meinen Kopf. Doch ich dränge sie entschieden zurück, stehe auf und gehe zu ihr. Ich mag es nicht, mit ihr zu reden, wenn sie mir den Rücken zudreht.

Sie schaut mich an und verzieht einseitig ihren Mundwinkel. »Dieser Mist kann mir echt gestohlen bleiben. Ich würde lieber in die Wüste ziehen und verdursten, als Weihnachten zu feiern. Findest du mich deswegen unnormal?«

Ich schüttle den Kopf. »Nein. Ich kann dich verstehen.« Und würde ihr gern über die Wange streichen. Mich davon überzeugen, wie weich ihre Haut ist. Sie fasziniert mich immer mehr.

»Oh, das ist gut.« Ein leichtes Grinsen legt sich auf ihre Lippen. »Ich habe mir geschworen: Wenn ich ausziehe, ist Weihnachten für mich nicht mehr existent.«

»Was sagen deine Eltern dazu?«

Sie zuckt mit der Schulter. »Damals waren sie sauer, mittlerweile haben sie es aufgegeben, mit mir zu diskutieren. Wir haben einen Kompromiss gefunden.«

»Und der wäre?«, hake ich nach.

»Ich besuche sie, sobald die irren Verwandten und die Weihnachtsdeko weg sind.« Endlich schmunzelt sie wieder. »Andere finden es so wahnsinnig romantisch ... *Argh* – ich nicht. Sobald die ersten Lichterketten an den Fenstern auftauchen, ziehe ich meine Rollläden gar nicht mehr hoch. Und verbringe dann sehr viel Zeit in meinem Atelier. Leider kann ich mich nicht vollkommen verschanzen, weil ich ja zwischendurch auch mal etwas besorgen und die Galerie öffnen muss. In dieser Zeit aber nur nach Termin. Alle Lieferboten kennen mich schon beim Vornamen.«

»Wie sieht Romantik für dich aus?« Was frage ich da überhaupt? Ich, der absolute Nichtromantiker, der es lieber distanziert bevorzugt, will wissen, was sie toll findet. *Baxter, was ist los mit dir?* Ich habe keine Ahnung, aber ich muss wissen, was ihr gefällt.

Überrascht starrt sie mich an. Ihr Parfüm weht mir entgegen, als sie sich das Haar nach hinten streicht. »Du möchtest wissen, was ich romantisch finde?«, fragt sie zögerlich und fast ungläubig.

»Ja!«, bestätige ich. Selbst für mich klingt das seltsam. »Ansonsten würde ich nicht fragen.«

»Äh ... okay.« Kurz überlegt sie und sagt: »Romantik bedeutet für mich: in diesem wunderschönen Cottage eingeschneit zu sein.« Ich lehne am Fenster und lausche ihrer Definition von Romantik à la Alison. »Bei einem Glas Rotwein vor dem Kamin zu sitzen und über das Leben zu philosophieren.« Meine Gedanken driften ab. Ich sehe uns auf dem flauschigen Teppich vor dem Kamin sitzen, wie ich ihr meine Hand ins Haar schiebe und ihren Kopf langsam näher ziehe. »Im Hintergrund läuft sanfte Musik, und Kerzen flackern auf dem Tisch«, schwärmt sie, während ich nur auf ihre Lippen starre und beobachte, wie sie sich bewegen. In meiner Vorstellung würde ich sie jetzt küssen. *Heilige Scheiße.*

»Baxter?«

Wie durch Watte dringt mein Name zu mir durch. Doch ich möchte weiter träumen, ihren Mund erobern. Sie an die Glasscheiben drängen und meine Hände über ihren Körper gleiten lassen.

»Baxter, ist alles okay?«, flüstert die liebliche Stimme direkt neben mir.

»Mhm ...« Langsam komme ich zu mir, erwache aus meiner Trance und schaue ihr in die Augen. Ich will darin die Sehnsucht sehen, die ich fühle. »Sorry ...« Meine Stimme ist rau und belegt. Normalerweise bin ich derjenige, der Frauen durcheinanderbringt, doch gerade muss ich mich arg zusammenreißen, um mich nicht von meinen Gefühlen leiten zu lassen.

Als mich ihr Blick trifft, bestätigt er mir, dass sie

mich bei ihrer Erzählung miteingeschlossen hat. Ich sehe das Feuer, das darin lodert.

Verzweifelt beißt sie sich auf die Lippen und atmet schwer. O Gott. Ich würde gerade alles dafür tun, sie zu berühren.

»Sorry, die Vorstellung von deinem romantischen Abend gefällt mir.«

Ihr Lächeln ist sinnlich. Zu gern würde ich in diesem Moment meine Hand nach ihr ausstrecken und ihre blaue Haarsträhne durch meine Finger gleiten lassen. Sie passt perfekt zu ihr.

»Jetzt habe ich dir meine romantischsten Geheimnisse verraten. Wie steht es mit dir? Was würde dir gefallen?«

Nachdem sie mich so angesehen hat, kommt die Frage nicht überraschend. »Alison, vor dir steht der totale Romantikbanause.«

Sie mustert mich und verzieht ihren Mund. »Das ist Quatsch. Jeder findet irgendetwas romantisch. Du musst doch etwas schön finden.«

Im Augenblick ja. Sie will es wissen, dann bekommt sie die Wahrheit. »Mir gefällt es, mit dir zu reden. Ich möchte deine blaue Strähne um meinen Finger wickeln und sehen, wie sie sich sofort wieder löst. Ich möchte dein Gesicht in meine Hände nehmen und dich küssen. Und danach will ich dich beobachten, bis du eingeschlafen bist.«

Empört reißt sie die Augen auf und schüttelt den Kopf. »Baxter, du bist unmöglich. Du machst mich an.«

Bevor ich darauf antworten kann, dreht sie sich um, durchquert den Raum, und ich folge ihr.

»Nein, das ist meine Vorstellung von Romantik. Du hast gefragt, jetzt weißt du es.«

Deutlich sichtbar verengt sie die Augen zu Schlitzen. »Sagst du das zu jeder Frau?«

»Nein.« Ich verschränke die Arme vor der Brust. »Das sage ich nur zu dir.«

Entgeistert starrt sie mich an und bleibt mehrere Sekunden lang still. Was geht in ihrem hübschen Köpfchen vor. Dann kommt sie auf mich zu und seufzt. »Baxter, wann müssen wir los?«

Sie hätte mir auch eine knallen können, das hätte denselben Effekt gehabt. Oh, Alison. Wie gut, dass dich dein Körper verrät. Deine Wangen glühen schon wieder.

Ich blicke auf meine Armbanduhr. »In einer halben Stunde, ich komme nie pünktlich.«

»Gut.« Sie kommt auf mich zu, leckt sich über ihre Lippen. »Denn ich möchte wissen, wie du schmeckst.«

Kaum hat sie ihren Satz beendet, landen ihre Lippen auf meinem Mund, und sie schluckt meine Antwort herunter. Sie schlingt ihre Arme um meinen

Hals, während ich ganz automatisch meine Hände auf ihrer Hüfte ablege.

Sie seufzt.

Der Druck ihrer Lippen wird stärker. Ich ziehe sie näher und ihre Zunge gleitet in meinen Mund. *O Mann.* Ist das gut. Sie schmeckt genauso fantastisch wie in meiner Vorstellung, dabei war sie es, die den Wunsch, genau das herauszufinden, ausgesprochen hat und nun selbstbewusst über mich herfällt.

Mein Herz pocht wild in meiner Brust. Ihre Brüste pressen sich gegen meinen Oberkörper. Sofort vergesse ich alles um mich herum.

Ich will sie berühren.

Sanft beiße ich in ihre Unterlippe und knabbere mich weiter vor. Der Kuss ist unglaublich und endet genauso schnell, wie er begonnen hat.

Alison zieht sich zurück. Ihr Lächeln ist verführerisch. Voller Stolz betrachte ich ihre glänzenden Lippen. Das war ich. Wir haben uns geküsst, und ich möchte es wieder tun. Sie hat mein Blut in glühendes Feuer verwandelt.

Sekundenlang starren wir uns an, während das Knistern, das vom ersten Augenblick an zwischen uns existiert hat, noch intensiver wird. Sie raubt mir buchstäblich den Atem.

»Du küsst nicht schlecht«, merkt sie an und meine Sehnsucht, es sofort noch mal zu tun, ist entfacht. Ihr vorlauter Mund schreit förmlich danach, wieder von meinem verschlossen zu werden. Und erst wenn sie meinen Namen ruft, gebe ich ihn wieder frei.

»Nicht schlecht? So nennst du das?« Skeptisch ziehe ich eine Augenbraue nach oben und halte sie immer noch an den Hüften gefangen.

»Okay. Es war in Ordnung«, neckt sie mich mit einem verschmitzten Grinsen.

Sie wird schon noch spüren, dass das nicht nur in Ordnung war. Doch bevor ich das weiter vertiefe, will ich von ihr wissen: »Warum bist du Single?«

»Wir reden übers Küssen und du willst wissen, warum ich Single bin?«

Gespielt gleichgültig ziehe ich eine Schulter hoch. »Der Kuss war okay. Also kann ich dich jetzt mit weiteren Fragen löchern.«

Grinsend wirft sie den Kopf in den Nacken. »Baxter Henderson, der Zweite, du bist echt ein Spaßvogel. Langsam entwickle ich noch Sympathien für dich.«

»Wie lautet dann deine Antwort?«, frage ich, während ich meine Daumen oberhalb ihres Hosenbundes auf ihrer weichen Haut kreisen lasse, und meine Aufmerksamkeit einfordere. Doch diese flüchtige Berührung bringt meinen Verstand völlig zum Aussetzen.

Total lässig zuckt sie mit den Schultern. »Ganz

einfach. Momentan gibt es niemanden an meiner Seite, weil ich nicht auf der Suche bin.«

»Warum? Sind Beziehungen nichts für dich?« Offensichtlich ist mein Interesse an ihr unstillbar. Dennoch muss ich mich stark zusammenreißen, meine Gedanken nicht abschweifen zu lassen, wie sehr mir der Kuss gefallen hat und wie wohltuend sich ihre glatte weiche Haut anfühlt.

»Doch, schon. Aber der Letzte war eine Niete und nach Nieten braucht man eine Pause.« Schmunzelnd windet sie sich aus meiner Umarmung und steuert die Garderobe an. »Ich denke, wir müssen los.«

3

ALISON

Stopp. Was hat er gerade gesagt? Ich bin wer? Seine Freundin? Habe ich vergessen, zwischen den Zeilen zu lesen? Davon hat er nichts erwähnt. Daran könnte ich mich doch erinnern. Der Deal lautete: Weihnachtsparty für Übernachtungsplatz.

Widerwillig habe ich mich dazu bereit erklärt, ihn zu seiner Familie zu begleiten, und nun soll ich mich auch noch als seine Freundin ausgeben? Das kostet extra. Eine Zusatznacht oder vielleicht einen weiteren heißen Kuss – das muss drin sein. Ansonsten ... No way! Der Abmachung habe ich nur zugestimmt, weil ich sein schickes Gästezimmer benutzen darf.

Leider sind wir schon unterwegs. Dann muss er eben umkehren, und ich packe meine Siebensachen.

Das kann er doch nicht ernst meinen. Oder doch?

Wenn ich sein gelassenes Profil betrachte, sieht es ganz danach aus. *Baxter!* Seine Lippen werden von einem siegessicheren Lächeln umkräuselt. Mit einer Hand steuert er den Range Rover durch den Schnee und zwinkert mir zu.

»Meinst du, es wäre okay für dich?«

Am liebsten würde ich ihm die Meinung geigen, aber es wollen keine bösen Worte meinen Mund verlassen. Ich bin sprachlos. Was wäre so schlimm daran, es zu tun? Eigentlich habe ich einen guten Fang gemacht. Baxter ist absolut nach meinem Geschmack. Harte Schale, weicher Kern, mit einem Humor gesegnet, der mir ausgesprochen gut gefällt, und sein optisches Erscheinungsbild ist zum Niederknien. Es könnte mich wesentlich schlechter treffen.

»Ähm, was springt für mich dabei raus?«

Ein tiefes Lachen grollt aus seiner Brust. »Aha ... sehr scharfsinnig.« Er wiegt den Kopf hin und her und blickt mich an. »Such dir was aus. Du hast die freie Wahl. Schließlich ist Weihnachten, du darfst dir von mir etwas wünschen.«

Ich kann mich nicht zurückhalten und pruste los. »Das hättest du nicht sagen dürfen. Muss ich mich sofort entscheiden?«, hake ich belustigt nach.

Unsere Blicke verfangen sich. Auf der Stelle breitet sich das geheimnisvolle Knistern erneut zwischen uns aus.

Huch. Ein wilder Schwarm Schmetterlinge flattert in meinem Bauch umher. Mein Puls steigt an und in meinen Gedanken läuft plötzlich unser Kuss von vorhin in Dauerschleife ab. So erging es mir schon Ewigkeiten nicht mehr, dass mich ein Mann dermaßen durcheinanderbringt. Dabei kennen wir uns gerade mal ein paar Stunden. Dennoch fühle ich mich total zu ihm hingezogen und bin verrückterweise bereit, seine Freundin zu spielen, um seiner Familie eins auszuwischen.

»Okay!« Ich reiche ihm die Hand. »Deal. Wie lange geht das schon mit uns? Wo haben wir uns kennengelernt?«, frage ich. Schließlich brauche ich ein paar Hintergrundinformationen, damit unser Schauspiel nicht auffliegt.

Gott. Ich bin doch verrückt.

Er schlägt ein. »Danke.« Seine Hand in meiner, die unverwechselbare raue Stimme. Mein Körper reagiert sofort darauf. Meine Güte, die Funken hören ja gar nicht mehr auf zu fliegen. Wenn das so weitergeht, entzünden wir im Wagen ein Feuer. Ach, was denke ich, eine Explosion kommt dem wohl viel näher.

Nachdenklich sieht er mich an. »Gute Frage. Sechs Monate? Was meinst du?«

»Das klingt plausibel. Zur Weihnachtsfeier der Familie nimmt man keine x-beliebige Frau mit. Es sei denn, es ist etwas Ernsthaftes«, entgegne ich und ich weiß immer noch nicht, auf was ich mich da einlasse.

Er schmunzelt. »Ist das so? Findest du sechs Monate ausreichend, um das zu wissen?«

»Jetzt hör mal. Wir kennen uns keine vierundzwanzig Stunden, und ich habe dich sogar schon geküsst. Dann sollten sechs Monate in diesem Fall ausreichen.«

»Das war übrigens sehr schön«, schwärmt er, was dazu führt, dass mein Herz noch schneller klopft als zuvor. Und wieder sprühen die Funken, als wir uns ansehen. Die aufgeladene Stimmung kommt einem Vorspiel gleich.

Nur mit einem Lächeln quittiere ich seine Antwort. »Und wo haben wir uns kennengelernt?«

»Ich habe ein Bild von dir gekauft.«

»Okay. Die Geschichte gefällt mir. Wo hängt das Bild?«

Ich mag sein Schmunzeln, das seine Augen erreicht und sie gleich noch etwas mehr strahlen lässt. »In meinem Schlafzimmer.«

»Natürlich. Wo sonst.« Ich lache.

Baxter betätigt den Blinker und wir verlassen die Hauptstraße. Nur noch die hellen Scheinwerfer des Wagens weisen uns den Weg, ansonsten ist es stockdunkel um uns herum. Allein möchte ich auf dieser

Strecke nicht liegen bleiben. Zum Glück bin ich es nicht.

Ein paar Meter weiter biegen wir ab und landen auf einer schwach beleuchteten Straße. Die Tannen am Wegrand sind schwer beladen mit feinstem Puderzuckerschnee. Sie sehen aus wie gemalt. Ich presse mein Gesicht an die Scheibe, um etwas zu sehen, aber weit reicht die Sicht nicht.

Mitten auf der Straße stoppt Baxter vor einem eisernen Tor, das sich kurz darauf wie von Zauberhand öffnet.

»Automatik«, beantwortet er meinen fragenden Gesichtsausdruck.

Das, was sich nun in mein Blickfeld schleicht, macht mich doch ein bisschen nervös. Denn es ist kein gewöhnliches Haus. Ich schlucke. Das Henderson Manor ist ein altes, prunkvolles Herrenhaus. Meine Güte, wie viele Menschen leben hier?

Fahrig wische ich mir die feuchten Hände an der Hose ab, während mein Blick die hohe, dunkelgraue Fassade mit den übergroßen Fenstern streift, die fast alle hell erleuchtet sind. Wie in einem Märchen. Nur mit einem Unterschied: Der Prinz sitzt schon neben mir, ich erwarte ihn nicht erst beim Eintreten. Eben ein modernes Märchen. Doch meine Aufregung, die nun durch ein beklemmendes Gefühl unterstrichen wird, steigt.

Baxter tätschelt meine Hand, nachdem der Motor verstummt ist. »Alison, was ist? Nervös?«

»Äh. Hattest du erwähnt, dass wir in dem Aufzug ein kleines Schloss betreten müssen?« Mit ausgestrecktem Finger zeige ich im Wechsel auf uns beide und bin der Verzweiflung nahe. So können wir unmöglich dort auftauchen. Auf wen treffe ich? Ich werde mich blamieren.

Er winkt ab. »Keine Sorge. Dich erwartet darin nicht der König von England.«

»Bist du dir sicher?«

»Okay. Was muss ich tun, damit deine Bedenken nicht überhandnehmen?«

»Küss mich!«, fordere ich ihn auf. Das ist genau die Ablenkung, die ich jetzt brauche.

Ein unwiderstehliches Schmunzeln legt sich auf seine Lippen. Er rutscht näher. Voller Vorfreude begegne ich seinem bezaubernden Lächeln. Sein Atem streift mein Gesicht, während sein Daumen an meiner Wange entlangstreicht. Wie von selbst schließen sich meine Augen und ich seufze leise auf.

O Gott. Die Berührung ist so simpel und doch unendlich heiß.

»Danke, dass du mich dazu aufforderst. Genau das habe ich mir gerade gewünscht«, flüstert er mir zu und senkt seinen Mund auf meinen.

Ich kralle mich in dem dicken Kragen seines

Wintermantels fest und ziehe ihn näher. Scheiß auf Weihnachten. Scheiß auf die Leute in diesem voluminösen Haus. Ich vergesse gerade alles um mich herum, selbst meinen Namen.

Unsere Zungen vereinen sich zu einem Tanz, während seine Hand meinen Hinterkopf massiert. O Mann, fühlt sich das fantastisch an. Er hat einen Wundermund und anscheinend auch Wunderhände. Was hat er noch alles drauf?

Mehrere Minuten küssen wir uns und umarmen uns dabei so innig, wie die Enge des Autos es zulässt. Vielleicht sollten wir doch besser umdrehen, zurück ins Cottage flüchten und uns auf dem Teppich vor dem Kamin austoben? Der Gedanke gefällt mir mit jeder Sekunde mehr.

Leider hat Baxter andere Pläne. Viel zu schnell löst er sich von mir und steigt aus. Kälte flutet den Innenraum und er umrundet das Fahrzeug. Gentlemanlike öffnet er mir die Beifahrertür und reicht mir die Hand, um mir beim Aussteigen behilflich zu sein. Spielt er das nur, oder hätte er das auch getan, wenn ich nicht seine Fake-Freundin wäre?

»Du siehst wunderschön aus. Du wirst sehen, meine Grandma wird dich lieben. Sie ist der einzige Grund, warum ich überhaupt noch hierherkomme. Wer weiß, wie lange sie noch lebt …«

Er streicht liebevoll über meinen Handrücken und verschränkt dann unsere Finger miteinander.

»Okay. Dann lassen wir das Schauspiel beginnen«, sage ich, ohne zu zögern.

»Ich schätze, es wird uns sehr gut gelingen.« Seine Worte lässt er tatsächlich mit einem keuschen Kuss auf meiner Wange ausklingen.

Gemeinsam steigen wir die lange, antik geschwungene Treppe am Haupteingang hoch, die feinsäuberlich vom Schnee befreit wurde. Baxter eignet sich ausgezeichnet als Fake-Freund. Denn wir geben in unserer legeren Kleidung ein perfektes Paar ab, und die Ruhe und Wärme, die er ausstrahlt, sorgen dafür, dass sich auch meine Nervosität langsam, aber sicher legt.

Irgendwie fühlt sich das hier mit ihm seltsam vertraut an. Der Gedanke zaubert mir ein Lächeln auf die Lippen.

Baxter betätigt den Klingelknopf, der im Mauerwerk neben der Eingangstür eingelassen ist. Winzige Schneekristalle rieseln wieder vom Himmel herab und setzen sich auf unser Haar, während wir uns still mustern.

Ein dicker Türkranz, umwickelt mit Tannengrün und einer dunkelroten Schleife, die im Wind flattert, schmückt die uralte Holztür. Es duftet so intensiv nach frischer Tanne, als wenn er heute erst zur Feier des Tages angebracht wurde.

Sanft streicht Baxter mir eine Strähne aus dem Gesicht und grinst mich an, als die Tür von einem grauhaarigen Mann geöffnet wird.

»Guten Abend, Baxter. Schön, dass Sie da sind. Sie werden schon erwartet«, sagt der Mann, senkt den Kopf und tritt höflich zur Seite.

»Guten Abend, Charles. Wie geht es Maggie?«

»Ach, Sie wissen doch, bei dem Wetter macht ihr die Hüfte immer Schwierigkeiten.«

»Bestellen Sie ihr bitte einen Weihnachtsgruß von mir.«

»Danke, Baxter, das werde ich tun. Sie wird sich freuen.«

Wir gehen hinein und werden von wohliger Wärme und lautem Stimmengewirr empfangen.

»Ich werde schnell noch ein Gedeck auflegen. Ich wusste nicht, dass Sie heute in Begleitung erscheinen.«

Baxter drückt meine Hand und lächelt. »Das ist Alison Reed, meine Freundin.«

»Sehr erfreut, Miss Reed.« Als ich ihn zur Begrüßung lächelnd ansehe, nickt er mir freundlich zu, und nimmt uns anschließend unsere Jacken ab.

Neugierig blicke ich mich um. Am Fuße der

langen Treppe ist eine Winterlandschaft mit lebensgroßen Rehen auf Kunstschnee und einem weißen Tannenbaum mit rot glänzenden Kugeln, bunt blinkender Lichterkette und einem glitzernden Stern auf der Spitze aufgebaut. Das gesamte Geländer wurde mit einer Girlande umwickelt, an der bunte Sterne hängen.

Hilfe. Wem gefällt so etwas? Schriller geht es nicht. Kaum haben wir das Haus betreten, möchte ich auf dem Absatz kehrtmachen und mutiere zu einem nervlichen Wrack. Das ist *too much.* Ich fühle mich wie erschlagen von all dem.

Danach entdecke ich als Nächstes den riesigen Kronleuchter, der im Eingangsbereich von der imposanten Stuckdecke hängt. Das Haus gleicht auch von innen einem Schloss, wenn auch einem äußerst fragwürdig dekorierten.

Links und rechts von uns stehen zwei Ritterrüstungen mit Schwertern, die den Eingang bewachen und wirklich furchteinflößend wirken. Dunkle Gemälde, die vermutlich von irgendwelchen Vorfahren stammen, hängen an den weißen Wänden. Sie sehen alt und verdammt teuer aus.

Ich muss es irgendwie ausblenden.

Doch das bereitet mir nicht so viele Sorgen wie der Geruch, der nun in meine Nase kriecht: Truthahn und Christmas Shortbread. Die Gewürzaromen sind so intensiv, dass ich nach Luft schnappe und es dadurch noch schlimmer mache.

Hilfesuchend schaue ich Baxter an, denn sein Anblick sollte mich ablenken.

»Was ist?« Er sieht mich besorgt an.

»Der Geruch ..., das Haus ...« Ich verziehe rümpfend die Nase.

»Möchtest du an die frische Luft?«, fragt er.

»Nein. Es geht gleich wieder.« Wenn meine Mutter wüsste, wo ich mich gerade aufhalte, würde sie mich enterben. Denn der unverkennbare Duft und die Dekoration rufen Erinnerungen an unsere Weihnachtstage wach.

Zwei Mädchen mit bunten Hüten kommen angerannt und schreien: »Onkel Baxter ist da! Onkel Baxter ist da! Hallo, Onkel Baxter! Onkel Baxter und eine Frau!«

Er begrüßt die Mädchen, als eine glockenhelle Frauenstimme den Zwillingen folgt. »Annabelle und Louise, bitte seid nicht so laut, sonst verschreckt ihr den Weihnachtsmann.«

In einem seidigen Kleid kommt eine blonde Schönheit auf uns zugestöckelt. Ihre Haare liegen in perfekten Wellen um ihr blasses Gesicht mit den dramatisch geschminkten Augen, und sie weiß ohne Zweifel, dass sie wunderschön ist.

»Hallo, Baxter«, begrüßt sie ihn, für meinen Geschmack mit einem falschen Lächeln.

Ihr Blick schweift zu mir und wandert sofort von oben nach unten an meinem Körper entlang. Sie bemüht sich nicht einmal, ihre auffällige Musterung zu verbergen. Meine Güte, in einem Haus wie diesem hätte ich aber bessere Manieren erwartet.

»Hallo, Lexi.« Baxters Begrüßung trieft vor betonter Gleichgültigkeit. *Interessant.*

»Oh, heute beehrst du uns nicht nur mit deiner Anwesenheit, sondern erscheinst auch noch in Begleitung?« Eine tiefe, arrogante Stimme dringt zu uns durch. Ein Kerl, schätzungsweise so alt wie Baxter, erscheint plötzlich im Türrahmen. »Was für eine Überraschung.«

Doch im Gegensatz zu Baxter sieht er mit seinen nach hinten gegelten Haaren aus wie ein schleimiger Aal. Ein Kotztyp eben.

Was für eine überaus herzliche Familie. Ich hasse sie jetzt schon. Am liebsten würde ich die Flucht ergreifen, dabei habe ich erst zwei Menschen kennengelernt, die Mädchen zähle ich nicht dazu. In dieser Hinsicht kann ich Baxter nun total verstehen. Kein Wunder, dass er seine Familie nicht ausstehen kann. Ich mag sie auch nicht.

Baxters Blick verdunkelt sich, und er zieht neben mir scharf die Luft durch die Zähne. Das Verhältnis der beiden ist nicht gerade von Harmonie geprägt, da bin ich mir sicher.

Er nimmt meine Hand, schenkt ihm ein knappes »Guten Abend, Colton« und führt mich an dem liebenswerten Empfangskomitee vorbei.

Mein Magen verkrampft sich. Das wird ja ein umwerfendes Fest. Ich bin jetzt schon froh, wenn wir bald wieder im Auto sitzen und zurück ins Cottage fahren, wo die Welt noch mehr als in Ordnung war. Möglicherweise könnte ich einen Schwächeanfall vortäuschen und uns diesen Mist hier ersparen.

»Bezaubernde Menschen ...«, merke ich mit leiser Stimme an.

»Ich habe nie das Gegenteil behauptet. Das war mein Stiefbruder mit seiner charmanten Ehefrau und den liebreizenden Kindern«, entgegnet er mit einem abfälligen Schnauben. »Außer Gran kannst du hier alle vergessen. Und James, wenn man das Personal dazuzählt.«

Fabelhaft, dann werde ich seiner Grandma und ihm nicht von der Seite weichen.

Das Stimmengewirr wird lauter, als wir das Wohnzimmer mit dem größten Weihnachtsbaum, den ich jemals in einem Haus gesehen habe, betreten.

Ohne ein Gerüst konnte der niemals geschmückt werden. Er funkelt und blinkt kunterbunt, und setzt damit das Weihnachtsdekochaos fort.

Hilfe. Auf was für einen Deal habe ich mich da bloß eingelassen? Nur, um nicht die nächtliche Fahrt nach Hause auf mich nehmen zu müssen. Ich bin verrückt. Eindeutig.

Doch als ich Baxter von der Seite mustere, wird mir schlagartig bewusst, dass ich es ihm zuliebe tue. Ich hätte zurückfahren können, wenn ich gewollt hätte. Aber der Reiz, ihn näher kennenzulernen, hat mich davon abgehalten. Dieser Abend wird augenscheinlich das merkwürdigste Weihnachtsfest, was ich jemals erlebt habe.

Mindestens ein Dutzend Personen reden durcheinander, lachen und nehmen uns erst wahr, als wir den Raum Hand in Hand durchqueren und auf eine ältere Frau zusteuern, die in sich zusammengesunken auf einem dunkelbraunen Ledersessel sitzt und in die Menge starrt. Ist das seine Gran?

Sofort geht das Stimmengewirr weiter, Gläser klirren und die beiden Mädchen rennen aufgedreht zwischen den Gästen hin und her. Das macht mich nervös. Gleich geht bestimmt etwas zu Bruch, und die fürchterliche Blondine lacht nur über das Missgeschick.

Baxter kniet sich vor der älteren Frau hin und legt seine Handflächen auf ihren Beinen ab, die in einem knielangen Wollrock stecken.

Schmunzelnd guckt sie ihn mit schmalen, müden

Augen an und greift mit ihren knöchrigen Fingern nach seinen Händen. »Mein Junge, wie schön dich zu sehen.«

Er schließt sie in seine Arme und drückt sie kurz an sich.

»Bevor du mich erdrückst, verrate mir doch bitte, wen du mitgebracht hast, Baxter.«

Fast klingt ihr Ton ermahnend. Ich mag sie.

Sofort streckt er den Arm nach mir aus und zieht mich näher, sodass wir nun beide vor dem Sessel hocken. Behutsam küsst er mich auf die Schläfe. »Das ist meine Freundin Alison, mein Geschenk des Himmels.«

O Gott. Was sagt er denn da? Mittlerweile frage ich mich, ob das wirklich alles gespielt ist. Die Zuneigung, die mir Baxter entgegenbringt, ist alles andere als distanziert.

»Dass ich das noch erlebe, hätte ich doch glattweg nicht für möglich gehalten. Da hast du mir in diesem Jahr einen langersehnten Wunsch erfüllt. Danke, Baxter.« Sie tätschelt ihm die Hand, und ihre Augen glänzen verräterisch. Sind das Tränen?

Er kann sie doch nicht anlügen. Ich kann sehen, wie sehr sie sich über die Neuigkeit freut, und habe sofort ein schlechtes Gewissen, weil wir ihr hier etwas vorspielen.

»A-l-i-s-o-n.« Sie betont jeden Buchstaben mit

einem ausgeprägten gälischen Akzent. »Der Name ist wunderschön. Alison und Baxter, das klingt perfekt.« Ein besonderer Glanz liegt plötzlich in ihren Augen.

Sie hat recht. Als würden wir tatsächlich zusammengehören. Aber eher bewahrheitet sich wohl meine Befürchtung, dass das hier das merkwürdigste Weihnachtsfest aller Zeiten für mich wird.

»Herzlich willkommen, Alison.« Sanft lächelt sie mich an und streicht mit ihrer rauen Hand über meine. Ich erwidere ihr Lächeln, gleichzeitig verstärkt sich jedoch mein schlechtes Gewissen wegen unserer Lüge. Sie ist so lieb.

»Danke. Es ist schön, Sie endlich kennenzulernen.«

Sie drückt meine Hand. »Mein Kind, ich bin Helen.«

Ich kann nur zustimmend nicken, weil sich wie auf Kommando ein dicker Kloß in meinem Hals bildet.

Liebevoll schweift Helens Blick im Wechsel von mir zu Baxter. Was tun wir ihr damit nur an? Das ist nicht fair. Aus dem schweren Kloß in meinem Hals wird ein dicker Knoten in meinem Magen. Ich kenne sie nicht, aber dennoch behagt es mir ganz und gar nicht, sie anzuschwindeln.

Mein Unbehagen nimmt zu, und die Atmosphäre um uns herum leistet dabei auch keine Abhilfe. Im Gegenteil. Überall hängen bunte Girlanden, unzählige

Socken sind oberhalb des Kaminsimses, in dem das Feuer flackert, befestigt, und ich bin mittendrin. Halleluja, Alison. Das kann nichts Gutes bedeuten.

»Baxter.« Eine tiefe, schnarrende Stimme unterbricht die harmonische Unterhaltung mit seiner Oma, und ich zucke innerlich zusammen.

Ich drehe mich um und blicke in die Augen einer älteren Version von Baxter. Baxter, der Erste. Wie war das noch mit seinen Genen? Doch es ist nur die Farbe, die der von Baxters Augen ähnelt. Baxters Wärme erkenne ich darin nicht wieder.

»Vater«, begrüßt ihn Baxter knapp.

Bei der Begrüßung kann man einen eisigen Luftzug spüren, der bei mir eine Gänsehaut hervorruft.

»Mit wem habe ich die Ehre?« Mr. Henderson taxiert mich, als wäre ich sein neues Ziel der Begierde. Das missfällt mir und macht mich zugleich wahnsinnig wütend. Und sowieso, für wen hält er sich? Oder ist das hier die gängige Begrüßung? *Baxter, welche Ehre, du kommst in Begleitung* ... äffe ich ihn in Gedanken nach. Ich weiß gar nicht, warum so ein Aufhebens darum gemacht wird. Bin ich eine Bedrohung?

Mit einem falschen Lächeln reiche ich ihm die Hand. »Alison Reed, ich schlafe mit Ihrem Sohn.«

Hörbar schnappt er nach Luft und wendet sich an

Baxter, der mir süffisant grinsend einen Arm um die Taille legt.

»Kein Wunder, dass du sie uns ausgerechnet an Weihnachten präsentierst.«

Baxter verspannt sich spürbar. »Was das Thema ‚Überraschungen' betrifft, halte ich mich nur an deine Vorgaben.«

Unmissverständlich spielt er auf etwas in der Vergangenheit an, die ihn noch immer zu beschäftigen scheint. Andernfalls würde seine Körperhaltung nicht so bedrohlich wirken.

Die Unterhaltung gleicht mehr einem Schlagabtausch und wirkt steif und unterkühlt. ‚Das Fest der Liebe' war für mich schon immer eine verlogene Veranstaltung, aber das hier hebt die Ironie des Ganzen noch einmal auf ein völlig neues Level. Und das bedrückt mich noch mehr als die geschmacklose Weihnachtsdeko, die das familiäre Gruselkabinett mit einer Schicht kitschigem Zuckerguss überdeckt.

4

BAXTER

Üblicherweise verläuft das Dinner an der langen Tafel so, dass mein Vater und Colton sich gegenseitig beweihräuchern. Es geht darum, wie die Geschäfte laufen und wie toll sie doch sind. Die Gäste hängen an ihren Lippen und man prostet sich zustimmend zu. Einvernehmliches Gelächter durchflutet den Speisesaal und wird von den schweren, meterlangen Vorhängen verschluckt.

»The same procedure as every year …« Nein. In diesem Jahr bin ich nicht allein hier.

Schweres Silberbesteck klappert auf den Tellern mit Goldrand, während James unablässig die Getränke auffüllt. Alles sehr steif und aufgesetzt. Sobald Lexi über Coltons Späße lacht, zucken die Flammen der in den silbernen Leuchtern brennenden Kerzen erschrocken zusammen. Was habe ich nur jemals an dieser Frau gefunden? Heute weiß ich es nicht mehr.

Stillschweigend lasse ich normalerweise dieses Schauspiel bei den Familientreffen über mich ergehen, und erfülle so meiner Großmutter den Wunsch, am gemeinsamen Essen teilzunehmen, um des lieben Friedens willen. Doch es ändert nichts an der Situation, dass meine Familie und ich uns nicht mehr viel zu sagen haben.

Heute allerdings sorgt Alison dafür, dass ich das Essen sogar genieße und die neugierigen Blicke, die wir auf uns ziehen, belächle. Gran spricht ununterbrochen mit Alison über ihre Kunst. Sie lachen zusammen und übertönen die restlichen Gespräche, die mich sowieso nicht interessieren.

Mir gefällt es, sie dabei von meinem Platz aus zu beobachten. Immer wieder streicht Alison ihr seidiges Haar nach hinten, und nippt an dem Rotwein, der zum Hauptgang serviert wurde. Zwischendurch fängt sie meinen Blick auf, bemerkt, wie ich sie anstarre, und quittiert es mit einem zuckersüßen Lächeln.

Obwohl wir uns gar nicht kennen, habe ich das Gefühl, dass sie mich ohne Worte versteht. Mein Puls verdreifacht sich wie bei einem Sprint, wenn sie mich ansieht. Sie ist die Erste, die mich tatsächlich durcheinanderbringt. Für gewöhnlich gebe ich die Zügel nicht aus der Hand und die Regeln stets vor. Doch

Alison bringt mich dazu, meine strikten Vorgaben zu brechen.

Was ist passiert? Ich grinse wie ein verliebter Trottel vor mich hin. Was macht sie nur mit mir?

Gran war schon lange nicht mehr so redselig wie heute. Sie wirkt lebensfroh und frischer als bei den vorherigen Treffen nach Grandpas Tod. Es tat mir immer sehr leid, sie hier zurücklassen zu müssen, aber einen alten Baum verpflanzt man nicht mehr, sonst geht er ein. London wäre ihr sowieso viel zu laut und stickig, hier hat sie dagegen alles, was sie braucht.

Die Begegnung mit Alison ist eine Win-Win-Situation in allen Belangen, und mein Wunsch, ihr das später zu sagen, lässt meine Vorfreude darauf, wieder mit ihr allein zu sein, ins Unermessliche steigen.

»Baxter ...«, ruft Colton quer über den Tisch und reißt mich damit aus meinen schönen Gedanken heraus. Missbilligend schaue ich in seine Richtung. Übelkeit steigt in mir auf, und der Drang, vorzeitig zu verschwinden, erscheint vor meinem inneren Auge als blinkende Leuchtreklame.

Genervt schiebe ich den leeren Teller von mir weg und wische mir mit der Stoffserviette, die das aufgenähte Familienwappen trägt, den Mund ab. Sorgfältig lege ich sie zur Seite und harre der Dinge, die nun auf mich einprasseln werden. Wie immer.

Vielsagend grinst er meinen, seinen, unseren Vater an. Ich weiß selbst nicht mehr, wer er ist. Und Cynthia, meine Stiefmutter, präsentiert sich wie seit jeher als kaltherzige, unterkühlte Person, die von Anfang an nur ihre Schäfchen ins Trockene bringen wollte, damit ihr finanzieller Wohlstand gesichert ist. Sie wurde dem Titel als Herzlos-Stiefmutter mehr als gerecht. Ich hatte nie einen Draht zu ihr, und ihr war nicht daran gelegen, daran etwas zu ändern. Gott sei Dank gab es Gran.

»Nach der Verletzung bist du nicht mehr so in den Tritt gekommen. Vielleicht solltest du doch mal darüber nachdenken, deine Pflichten als Mehrheitsgesellschafter wahrzunehmen und dich ins Firmengeschehen einzubringen.«

Es war so klar, dass er auf meine Schulterverletzung anspielt, die zwar an manchen Tagen schmerzt, aber bei weitem nicht so viele Schmerzen verursacht, wie in sein Gesicht schauen zu müssen. Und auch meinem Vater muss ich nicht öfter als unbedingt nötig über den Weg laufen. Daher bin ich nicht traurig darüber, dass Colton den Platz eingenommen hat, der meiner sein sollte.

»Wir haben eine Vereinbarung getroffen. Zur Erinnerung: Sie ist sogar schriftlich verfasst. So lange, wie ich meine Sportlerkarriere verfolge, regelt ihr das Tagesgeschäft.«

»Das nennst du Karriere?«, mischt sich mein Vater ein.

Jetzt sind wir wieder bei diesem Thema angelangt. Es ist zum Kotzen. Wie sollte man mit solchen Menschen zusammenarbeiten? Das würde niemals funktionieren.

»Ihr könnt gern auch noch diesen Vertrag anfechten, darin seid ihr ja Experten«, entgegne ich scharf.

Alison guckt wie ein angeschossenes Reh. Gern würde ich aufspringen und mit ihr bis ans Ende der Welt flüchten.

Doch ich habe mir geschworen, dagegenzuhalten, wie es mir mein Großvater am Sterbebett auferlegte. »Gib niemals auf, Junge. Erfülle dir deine Träume und gehe deinen eigenen Weg.«

Nichts anderes tue ich.

»Hört auf!«, ruft Gran, und ihr energischer Ton duldet keinen Widerspruch. »Am Christmas Eve braucht ihr über solche Angelegenheiten nicht zu diskutieren. Eure Streitereien sind völlig fehl am Platz.«

Colton verzieht seinen Mund und kann den Dämpfer nur schwer ertragen. Ich lache in mich hinein, weil ich nicht derjenige bin, der mal wieder damit angefangen hat. Sie geben keine Ruhe.

Der Druck der ständigen Vorwürfe belastet mich sehr. Die Steine in meinem Magen verwandeln sich aufs Neue in ein schwerwiegendes Geschwür. Erleichterung tritt erst ein, wenn ich die Highlands wieder verlasse. Auf dem Rückflug nach London fällt jedes Mal eine zentnerschwere Last von mir ab.

Die Situation nervt. Denn eigentlich liebe ich die Abgeschiedenheit, um mal ein paar Tage zu entspannen. Ich mag die Ruhe. Den starken Kontrast zum trubeligen London. Schließlich bin ich hier aufgewachsen. Die Freiheit ist hier grenzenlos. Als Kind bin ich über Felder, Wiesen und Flüsse gesprungen und war glücklich, bis Mums Krankheit diagnostiziert wurde. Es ging wahnsinnig schnell, und plötzlich war alle Unbeschwertheit verflogen. Manchmal denke ich, dass ich ihren viel zu frühen Tod bis heute nicht richtig verkraftet habe und es mir deshalb Schwierigkeiten bereitet, mich zu binden. Und mein Vater war mir keine große Hilfe. Er ist ein Egoist.

Merkwürdigerweise löst Alison in mir eben diese Wärme aus, die ich vermisst habe. Es ist ein schönes Gefühl, und ich möchte weiter ergründen, was das zwischen uns ist. Denn eins steht fest: Es ist schon längst viel mehr als nur ein Christmas Deal.

Angespannt verfolgt Alison die Situation am Tisch, die sie nicht retten kann. Ihr Gesichtsausdruck schwankt von wütend bis mitfühlend.

Es wird Zeit, dass sich die Lage etwas entspannt. Die Luft hier drin wird immer stickiger. Ein schweres

Gewicht legt sich auf meine Brust und erschwert mir das Atmen.

Mein Stuhl kratzt über den alten Holzboden, als ich aufspringe. »Entschuldigt«, kurz blicke ich in die Runde und meine eigentlich nur Gran damit, »aber ich möchte meiner zukünftigen Frau die Brennerei zeigen.«

Colton will etwas sagen, doch mein Vater hebt die Hand, und er verstummt.

Mit weit aufgerissenen Augen starrt mich Alison an, als ich ihr die Hand reiche. »Baxter ...«, flüstert sie, während sie aufsteht. Dann verlassen wir fluchtartig den Raum.

James folgt uns wortlos. Er reicht uns unsere Jacken und den Schlüsselbund für die heiligen Hallen: die Destillerie.

»Danke, James«, sage ich, woraufhin er zustimmend nickt und die Haustür öffnet.

Ich lege meine Hand auf Alisons unteren Rücken und schiebe sie zur Tür hinaus.

Sofort strömt die frische Luft in meine Lungen. *Ah ... tut das gut.* Jetzt erst merke ich, wie zum Schneiden dick die Luft im Saal war, und nehme einen tiefen Atemzug.

Draußen dreht sich Alison wie ein Wirbelwind zu mir um. »Baxter, was sollte das?«, herrscht sie mich an.

Sie ist sauer.

Doch ihre Laune finde ich trotzdem weitaus erfrischender als die Stimmung im Inneren des Hauses.

Ein verschmitztes Grinsen legt sich auf meine Lippen, weil ich die winzigen Blitze, die aus ihren Augen schießen, unglaublich toll finde.

»Kannst du jetzt bitte mal etwas sagen.« Ihr zweiter Satz hat schon wieder an Schärfe verloren.

Verlockend.

»Mhm ...«, brumme ich, während ich sie näher ziehe.

Nun muss sie ihr Kinn in die Höhe recken, um mich besser ansehen zu können. Mir gefällt es, dass sie ein ganzes Stück kleiner ist als ich. Mein Beschützerinstinkt wird aktiviert. Automatisch schlingen sich meine Arme um ihren Rücken.

»Darf ich dich küssen?«, frage ich und hoffe auf Zustimmung.

Nachdenklich kräuselt sie ihren Mund. »Baxter, so geht das nicht. Ich sollte deine Freundin spielen und nicht die zukünftige Mrs. Henderson.«

»Ist für mich kein Unterschied.« Ich stelle mich absichtlich doof, weil mir im Augenblick nicht der Sinn nach unnötigen Diskussionen steht.

»Das ist ein gewaltiger Unterschied«, beharrt sie energisch auf ihrem Standpunkt. »Das ist ja so, als ob ich vom Gästezimmer sofort in dein Schlafzimmer wechsle.«

»Wirst du das nicht sowieso tun?«, hake ich nach, während sich meine Finger in ihrer blauen Strähne verfangen.

»Baxter!«, schimpft sie und legt ihre Hände auf dem dicken Stoff der Daunenjacke oberhalb meiner Brust ab. Genau da, wo ich sie haben will.

Es hat wieder angefangen zu schneien, und die Flocken rieseln lautlos auf uns herab. Alison rührt sich nicht vom Fleck, sie genießt die Nähe genauso sehr wie ich. In ihrem Inneren trägt sie offensichtlich einen Kampf mit sich selbst aus, aber die Signale, die ihr Körper sendet, sind eindeutig. Sie will mich, genauso wie ich sie will.

»Komm, Alison, sag die Wahrheit. Was spielt sich gerade in deinem hübschen Kopf ab?« Die Worte aus meinem Mund klingen liebevoll, und ich erschrecke mich selbst darüber, wie wichtig mir ihre Antwort in dem Augenblick ist.

»Was sich in meinem Kopf abspielt? Willst du das echt wissen?«, sprudelt es aus ihr heraus, und schlagartig erscheint wieder dieser irritierte Ausdruck auf ihrem Gesicht, bei dem die winzige Spalte zwischen ihren dunklen Augenbrauen sichtbar wird. Am liebsten würde ich sie dort küssen, um sie zu beruhigen.

»Ja«, sage ich schlicht. Natürlich will ich es wissen, weil ich mich verrückterweise dazu verleiten ließ, etwas auszusprechen, von dem ich nie gedacht hätte, es überhaupt einmal zu sagen. Zwar durchaus mit dem Hintergedanken, die Mäuler dort drinnen verstummen zu lassen, aber dennoch mit einem guten, einem richtigen Gefühl. Manchmal spricht man eben unbewusst etwas aus, das plötzlich ganz viel Wahrheit offenbart.

Mit ihren zierlichen Fäusten trommelt sie gegen meine Brust, doch ihre sanften Schläge werden vom dicken Jackenstoff abgefangen. »*Ah.* Weihnachten ist so ... Ich habe keine Ahnung, wer ich bin und was hier gerade passiert. Ich bin total überfordert. Dieser verrückte Tag macht mich mürbe ... und Weihnachten sowieso.« Mit dem Finger zeigt sie auf das Haus und schüttelt energisch mit dem Kopf. »Was sind das für Menschen? Wie hältst du das bloß aus? Die sind unerträglich. Außer Helen. Sie ... Sie ist so liebenswert. Und du erzählst ihr auch noch, ich ... ich wäre deine Zukünftige«, stottert Alison, und ich erlöse sie, indem ich meinen Mund auf ihren presse, um ihr zumindest zu zeigen, wer ich bin. Vielleicht hilft ihr das, denn ich brauche sie gerade sehr.

Als sie meinen Kuss sofort erwidert, wage ich mich behutsam weiter vor. Lasse mir Zeit. Damit sich der Sturm in ihr abschwächt. Knabbere an ihren

Lippen, was ihr ein leises Seufzen entlockt. Ehrlich. Meine Knie werden weich und etwas anderes mal wieder hart.

Ihre Hände umschließen meine kalten Wangen, doch in mir brodelt eine unbändige Hitze. Unsere Zungen verschmelzen zu einem wilden Tanz, was unseren Atem immer schneller werden lässt. Die Ruhe der hereinbrechenden Nacht wird von unseren lüsternen Lauten erfüllt. Meinem Herz fällt es schwer, in ihrer Nähe vernünftig zu sein. Ich komme völlig von dem ab, weshalb wir hier auf dem Vorplatz des Familiensitzes stehen. Ich habe vor, ihr die Destillerie zu zeigen, denn ich glaube, dass sie sich dafür wirklich interessiert.

Aber der Genuss des Kusses ist viel stärker und geht weit über einen flüchtigen Rettungskuss hinaus. Hier sind Gefühle im Spiel, die nicht nur einseitig sind. Und sie haben nichts mit der Magie von Weihnachten zu tun, sie sind echt.

Die Flocken werden dicker und treiben uns zur Brennerei – meinem eigentlichen Ziel. Am liebsten hätte ich sie noch stundenlang weiter geküsst, aber die Kälte kriecht mir immer stärker in die Glieder, und Alison zittert bereits.

»Hoppla.« Alison kichert ausgelassen, als sie fast auf dem zwanzig Zentimeter hohen Neuschnee ausrutscht. Zum Glück kann ich sie im letzten

Moment auffangen und verhindern, dass sie auf ihrem Po landet. »Meine Güte, das mit dir entpuppt sich als holprige Angelegenheit. Ein verknackster Knöchel wäre nach all den Turbulenzen noch die Krönung.«

»Nun.« Ich ziehe den Schlüsselbund aus der Tasche und öffne das eiserne Tor, das sich als Sicherheitsschleuse vor der mehrmals restaurierten Holztür befindet. »Ich bin ein sehr talentierter Pfleger. Schlecht würde es dir nicht ergehen.«

Sie streckt ihre Hand nach mir aus, um mein Gesicht zu berühren. »Ich bin mir sicher, dass du dich gut um mich kümmern würdest«, flüstert sie und lächelt glücklich.

Wow. Plötzlich schwirren die tausend Funken wieder um uns herum, und die Welt steht still.

Nach einem langen Moment der Verbundenheit öffne ich die Tür, und wir schlüpfen hinein. Die Notbeleuchtung, die Tag und Nacht brennt, taucht den Raum in ein schummriges Licht, mehr Helligkeit benötigen wir für unsere Besichtigung nicht. Das macht die Führung fast schon zu einem romantischen Stelldichein.

Ihre Vorstellung von Romantik werde ich damit nicht toppen, dennoch will ich ihr alles zeigen und erzählen, was ich weiß.

Zumindest der antike Vorraum, in dem einst mein

Großvater im kleinen Stil den Whisky brannte, ist noch sehr gut erhalten. Er dient heute als Verkaufsraum. Die alten Kessel und Gefäße sind hier ausgestellt und erinnern an die vergangene Zeit, daran, wie alles anfing.

Jetzt kann man hier die aktuellen Abfüllungen erwerben und sogar an Verkostungen teilnehmen. Meinem Opa würde das nicht gefallen, aber das ist der Wandel der Zeit, und hier musste ich ehrlicherweise Colton zustimmen, der die Veränderung in die Wege geleitet hat.

Als Kind habe ich mich oft in den alten Fässern versteckt, wenn ich mal wieder etwas ausgefressen hatte, und konnte stundenlang darin sitzen bleiben, bis man mich fand.

Meistens war dann der Ärger bereits verflogen, weil Grans Sorge um mich viel größer war.

»Jetzt kannst du vielleicht verstehen, warum ich die Chance genutzt habe, dich mit dem Deal hierher zu locken. Jahr um Jahr habe ich diese Farce allein ertragen. Dieses Jahr hast du mir das grauenhafte Spektakel echt versüßt, und Gran haben wir damit eine große Freude bereitet.«

»Ja, aber ist es nicht falsch, gerade sie zu belügen?« Alison sieht mich besorgt an, und ich gehe zu ihr.

»Ich weiß, was du meinst. Gran ist schon so alt, und ihr größter Wunsch ist es, dass ich glücklich werde. Dass sie dich an meiner Seite sieht, lässt ihre Sorgen um mich verblassen.«

Lässig lehnt Alison sich an den modernen Verkaufstresen und verschränkt die Arme vor der Brust. »Baxter, das ist sehr löblich. Es spricht für dich und für die Liebe zu deiner Oma. Aber dennoch halte ich es für falsch.«

Mir wird schwer ums Herz, eigentlich will ich darüber jetzt gar nicht reden. »Mag sein, aber ich will Granny nicht mehr leiden sehen. Grandpas Tod hat sie sehr mitgenommen. Er wurde ihr von jetzt auf gleich genommen.«

In Gedanken versunken antwortet sie mir. »Das tut mir leid, Baxter. Vielleicht liege ich mit meiner Einschätzung falsch, dafür kenne ich dich und deine Familie zu wenig.«

»Alison, hör zu. Du musst kein schlechtes Gewissen haben. Es ist Weihnachten, lass sie in dem Glauben. Sie war seit langem nicht mehr so redselig.«

Nachdenklich hebt sie die Schultern und schaut zu Boden. Mit zwei Fingern schiebe ich ihr Kinn nach oben, damit sie mich ansieht. »Hey, es ist okay.«

Sie atmet tief ein. »Wenn du das sagst ...«

»Ja.« Kurz schließe ich die Augen, um mich zu sammeln, und erzähle ihr die Kurzfassung meiner Lebensgeschichte. »Nach dem frühen Tod meiner Mutter ist mein Vater gewaltig von der Spur abgekommen. Wer weiß, vielleicht kannte er Cynthia, seine neue Frau, auch schon viel länger, und Colton ist nicht nur mein Stiefbruder. Aber das wird bestimmt für immer im Verborgenen bleiben, und ehrlich gesagt, will ich es auch gar nicht wissen.« Schlimm, wenn er dieselben Gene besitzen würde wie ich, doch ändern könnte ich daran nichts. Außer den Verstand meines Vaters noch mehr anzuzweifeln.

Rastlos laufe ich auf und ab und rede weiter. »Fast genau ein halbes Jahr später heiratete er erneut, und Cynthia wusste schnell, welche Hebel sie in Bewegung setzen musste, damit ich für meinen Vater nur noch zur Nebensache wurde.«

»Wie alt warst du?«, unterbricht sie mich.

»Elf. Viel zu jung, um die Mutter zu verlieren, und kurze Zeit später den eigenen Vater an Eindringlinge, die mich nur als unliebsames Beiwerk sahen. Mein Vater hat es nie gecheckt. Auch heute noch hält er die Hand über Cynthia, Colton und Lexi, und lässt ihnen alle Unverschämtheiten durchgehen. Was ich nicht in meinen Kopf bekomme. Ich verstehe einfach nicht, warum er mir das antut.«

Ich raufe mir die Haare und werde in die Vergangenheit zurückkatapultiert. Jeden Tag nahm ich mir vor, einfach wegzulaufen. Und nur meinen Großeltern zuliebe tat ich es nicht.

Alison stößt sich von der Theke ab und kommt auf

mich zu. »Manchmal ist es besser, das Warum nicht zu kennen, weil es die Sache vielleicht nur noch schlimmer machen würde«, flüstert sie und streicht mir durchs Haar.

Die flüchtige Berührung, ihre liebevolle Wärme und das endlose Gefühl von Geborgenheit, das sie mir damit gibt, möchte ich mir in Vorratsgläsern abfüllen. Damit ich davon zehren kann, wenn sie wieder weg ist und ich allein zurückbleibe.

Ein Hauch von Melancholie erfasst mich, weil es ausgerechnet ein beschissener Deal ist, der mir viel mehr bedeutet als jede Beziehung zu einer anderen Frau bisher.

Niemand hat sich je so intensiv mit mir auseinandergesetzt, wie Alison es tut. Wer ist sie? Je mehr Stunden voranschreiten, umso stärker fühle ich mich in einer Sache bestätigt: Sie ist mein Geschenk des Himmels.

»Zum Glück hat mein Grandpa dem entgegengewirkt und mich, zum Leidwesen der anderen, zum Mehrheitseigentümer gemacht, und auch Gran besitzt genügend Anteile, um mit mir zusammen alle wichtigen Entscheidungen zu treffen.«

»Oh, das erklärt natürlich auch Coltons abfälligen Kommentar beim Essen.«

Kein Wunder, seine Gehässigkeit ist nie zu überhören.

Nachdenklich kneife ich die Augen zusammen. »Am liebsten wäre es ihnen, wenn ich auf mein Erbe verzichtet hätte. Das haben sie mir mehrmals sehr deutlich unter die Nase gerieben. Sie haben sogar das Testament und alle Dokumente prüfen lassen.«

»War es nie dein Traum, irgendwann selbst die Firma zu leiten?« Alisons Stimme klingt neugierig, aber gleichzeitig auch vorsichtig.

»Natürlich, als kleiner Junge wollte ich immer in die Fußstapfen meines Großvaters treten. Es war total faszinierend, ihm über die Schulter zu schauen, viele geheime Zutaten sind immer noch in meinem Kopf. Aber als mein Opa starb, war meine Profisportlerkarriere so weit vorangeschritten, dass ich nicht alles aufgeben wollte. Der Abstand zu Schottland tat mir gut, und ich habe etwas erreicht, auch ohne das Zutun meiner Familie.«

Zum Überleben brauche ich sie nun mal nicht.

Geschafft lasse ich mich auf eins der alten Fässer sinken und beobachte Alison, die an den gläsernen Schränken vorbeiläuft. Alle Whiskyflaschen, die von uns seither produziert wurden, sind darin ausgestellt.

»Wer kümmert sich im Augenblick um die Firma?«, hakt sie nach und kommt auf mich zugelaufen.

Dass sich unser Gespräch in diese Richtung bewegt, hätte ich nicht für möglich gehalten, sie will tatsächlich alles wissen. Das gefällt mir. Ich umfasse ihre Hände, als sie vor mir stehen bleibt, und ziehe sie zwischen meine Beine. Wir befinden uns wieder auf Augenhöhe, was mir das Erzählen erleichtert. »Mein Vater und Colton regeln das operative Geschäft. Sobald sie etwas anschaffen oder verkaufen wollen, wofür meine Zustimmung erforderlich ist, ziehe ich meine Anwälte hinzu, die den Part für mich übernehmen und entscheiden, ob das Vorhaben sinnvoll ist. Denn ich habe zwar Management studiert, aber in der Praxis ist das alles doch noch mal etwas anderes, und ich will nicht, dass sie Grandpas Erbe schaden. Ich bin aber auch kein Quertreiber, in der Regel unterschreibe ich alles. Trotzdem ärgert sie die Abhängigkeit von mir natürlich sehr, was mir hingegen Freude bereitet.«

»Und nach deiner aktiven Karriere willst du in die Firma einsteigen?«, fragt sie und hält unserem Blickkontakt ununterbrochen stand.

»So war es immer angedacht. Aber ich würde mich um die Produktion und die Entwicklung neuer Whiskysorten kümmern, nicht um den Papierkram, das ist nicht meine Welt.«

»Also bist du auch eher der Kreative, so wie ich?« Sie zwinkert mir zu, und ich vergesse, wie sehr mich die alten Geschichten immer noch verletzen.

Alison ist wundervoll, und ich würde lügen, wenn

ich behaupte, dass ich nicht auf dem besten Wege bin, mich in die Person zu verlieben, die Weihnachten für mich wieder zu etwas Besonderem gemacht hat.

Das Leben hat stets einen anderen Plan, nichts ist vorhersehbar. Doch jeder findet irgendwann sein Glück, auch wenn der Weg dorthin kurvenreich verläuft.

Und wer weiß? Vielleicht steht mein Glück gerade vor mir.

5

ALISON

»Komm, ich zeige dir unsere Schatzkammer. Dort gibt es Whiskysorten, die älter sind als du.«

Beschützend legt Baxter einen Arm um meine Schulter. Gemächlich durchqueren wir nebeneinander den vorderen Teil des Gebäudes und gelangen nach ein paar Minuten in das alte Gewölbe der Destillerie.

Verflucht, fühlt sich das toll an! Das mit uns entwickelt sich in Überschallgeschwindigkeit, und ich habe rein gar nichts dagegen einzuwenden.

»Wow!«, entweicht es mir, als wir den Gang entlangschreiten. »Das Lager ist beträchtlich.«

Mehrere Hundert Fässer sind übereinander aufgereiht. Die Luft ist erfüllt von süßen, holzigen Alkoholaromen. Einfach himmlisch. Ich schließe die

Augen, um den Geruch tief einzusaugen und zumindest ein paar Inhaltsstoffe auszumachen. Es ist schwer, weil der Duft sehr intensiv ist.

Ich schnuppere und wende mich an Baxter. »Was ist das?«

»Das hier ist Highlands Malt in alten Sherryfässern. Diese Fässer liegen hier schon zwanzig Jahre. Pro Jahr verdunsten zwei Prozent von dem Whisky und deshalb hängt die Luft voller schwerer Aromen. Riechst du den Honig und den salzigen Torf?«

»Ja. Es duftet unglaublich. Rauchig, wild, und dann ist da diese süßliche Note.«

Stolz präsentiert er mir das kostbare Gut, und wirkt wieder gelöster, was die Stimmung zwischen uns sofort zum Schwingen bringt.

Ich mag es, seiner rauen Stimme zu lauschen. Bei dem tiefen, heiseren Klang breitet sich ganz automatisch eine feine Gänsehaut an meinem Körper aus. Was gleichzeitig zu einer Kettenreaktion führt. Ohne Vorwarnung baut sich ein sehnsüchtiges Ziehen zwischen meinen Schenkeln auf, meine Atmung setzt aus und mein Herz flattert wild in meiner Brust. Und sofort bin ich mit meinen Gedanken woanders.

»Die ältesten Fässer ruhen hier schon seit über vierzig Jahren. Im letzten Jahr wurden vier von ihnen zweifach mit Gold ausgezeichnet. Mein Grandpa wäre sehr stolz darauf.«

Energisch dränge ich jeden weiteren Gedanken an uns beiseite und konzentriere mich wieder auf das interessante Gespräch, das ich sehr genieße. Wie alles andere mit ihm auch. »Bei nächster Gelegenheit sollte ich meinem Vater eine Flasche von einem eurer edlen Tropfen mitbringen. Er liebt Whisky.«

»Dann empfehle ich dir den ‚Darkmoore Dent'. Er lebt von pfefferigen Röstaromen mit einem Hauch Vanille und Kaffee.«

Es ist bemerkenswert, wie gut er sich auskennt. Wenn die Verhältnisse in der Familie nicht derart schwierig wären, hätte es ihn bestimmt schon viel eher zurück hierher verschlagen. Ich frage mich nur, wie er das in Zukunft bewerkstelligen will, es wird sich doch, nachdem was ich heute erlebt habe, nie etwas ändern.

»Klingt nach einer sehr würzigen Sorte«, entgegne ich mit einem Lächeln und streife mit meinen Fingern entlang der Fässer, um die alten Schriften zu entziffern.

»Ja. Er ist sehr beliebt und wird sogar in geringen Mengen ins Ausland exportiert.«

»Und dein Opa hat die alle hergestellt?« Ich finde es unheimlich spannend, mehr darüber zu erfahren, denn obwohl ich eine waschechte Schottin bin, habe ich bisher noch kein einziges Mal einen Fuß in eine Destillerie gesetzt.

Baxter folgt mir, als ich mich weiter umschaue. »Ja und nein. Teilweise stammen die Geheimrezepte noch von seinem Vater, und er hat sie übernommen oder umgeändert. Irgendwann möchte ich neue Sorten kreieren. Ich habe auch schon ein paar Ideen.«

Wenn er weiter am Ball bleibt und den ungeliebten Verwandten die Stirn bietet, wird er es bestimmt schaffen. Ich würde es ihm wünschen. Denn er ist ein echt feiner Kerl und hat das Herz am richtigen Fleck.

Nach einer Stunde kehren wir ins Haus zurück. Die Tafel am großen Esstisch wurde mittlerweile aufgelöst. Die Gäste tummeln sich im Wohnzimmer, und die Männer haben sich ins kleine Gesellschaftszimmer zurückgezogen, um Zigarre zu rauchen und Whisky zu trinken.

Fast wirkt die Atmosphäre harmonisch, doch ich weiß, dass dieser Schein trügt. Baxter reicht mir ein Glas Champagner und holt für sich ein Wasser.

Er blickt auf die Uhr am Handgelenk. »Frohe Weihnachten, Alison«, sagt er und stößt mit seinem Glas sachte gegen meins.

»Frohe Weihnachten, Baxter«, wünsche ich ihm im Gegenzug und lächle ihn an.

Ein leises Klirren erweckt die Erinnerung an die

kitschige Weihnachtsdeko, die rundherum den Raum füllt und fast lächerlich wirkt. Es blinkt und glitzert wie in einem Kaufhaus. Innerlich schüttelt es mich schon wieder und ich nippe an dem kühlen Getränk. Wie kann man so etwas Überladenes nur schön finden?

Baxters Blick wirkt verträumt, als er mich über den Rand seines Glases hinweg anstarrt, und ich wüsste zu gern, was er denkt.

Die Besichtigungstour hat mich durstig gemacht, und irgendwie auch nervös. Baxter wirkt verändert, im positiven Sinne. Nicht, dass ich jetzt Bedenken hätte, es wäre falsch, hier zu sein. Sein Blick ist noch durchdringender, wenn das überhaupt geht. Mit jeder noch so kleinen, flüchtigen Berührung treibt er meinen Puls ordentlich in die Höhe und bringt mich schier um den Verstand.

Deshalb trinke ich schnell einen weiteren Schluck vom Champagner. Als hätte er meine Gedanken gelesen, leert er in einem Zug sein Glas, stellt es auf dem Stehtisch neben uns ab und verringert den Abstand zwischen uns.

Sein Atem streift mein Gesicht, als er sich meinem Ohr nähert. »Hast du dir nun überlegt, was du dir von mir wünschst?«

Mein verräterischer Körper beschert mir eine

Gänsehaut, die sich wellenartig ausbreitet und mich dermaßen erregt, dass ich jetzt nur noch an eins denken kann.

»Ja …«, hauche ich atemlos. Ich will mehr von den Streicheleinheiten, den Liebkosungen, die wir den ganzen Tag über immer wieder ausgetauscht haben. Ganz zu schweigen von den Küssen, die mit jedem Mal intensiver werden. Ich brauche mehr davon.

Mit dem Daumen massiert er meine Schläfe, und ich werde in seinen Händen zu Wachs. »Was denn?«, fragt er.

Ohne nachzudenken, entwickelt mein Mund ein Eigenleben, während ich kurz meine Augen schließe. »Dich«, wispere ich.

Mit meiner Antwort entlocke ich Baxter ein siegessicheres Lächeln. »Entschuldige, Alison. Was hast du gesagt? Ich habe dich nicht verstanden.«

Natürlich stellt er sich absichtlich taub. Er will es noch einmal aus meinem Mund hören. Mir gefällt das Spiel, auf das ich nur zu gern einsteige.

»Ich will dich«, erwidere ich flüsternd und blende das Gelächter aus, das aus dem Nebenraum zu uns dringt.

Warum soll ich um den heißen Brei herumreden? Er weiß längst genau, was ich will, und ich bin sicher, ihm geht es nicht anders. Das allzu Offensichtliche noch zu leugnen, wäre also zwecklos. Ehrlich gesagt, kann ich es kaum noch erwarten, dass wir uns endlich die Klamotten vom Leib reißen und das tun, was ich auf dem Teppich vor dem hübschen Kamin bereits vor Stunden hätte tun wollen.

»Verpackt oder nackt?«, raunt er mir zu, während seine Hand scheinbar unabsichtlich über mein Dekolleté streicht.

Mir stockt der Atem, und ich will augenblicklich mehr von dieser köstlichen Berührung. Denn meine Brustspitzen haben schon Position bezogen und wollen erobert werden.

Nur zu gern greife ich sein Wortspiel auf. »Erst verpackt und dann nackt«, entgegne ich mit einem honigsüßen Lächeln, was bei Baxter einen verklärten Blick hervorruft.

Nun hat er spürbar arge Probleme, seine Begierde in Schach zu halten, und ich will mich dagegen auch nicht länger zur Wehr setzen.

»Lass uns gehen!«, fordert er mich heiser auf, und seine herrische Bitte duldet keinen Widerspruch.

Er greift bestimmt nach meiner Hand, schleust mich durch die Menge, und auf dem Weg zum Ausgang verabschieden wir uns bei seiner Gran, die unsere ineinander verschränkten Finger mit einem wissenden Blick zur Kenntnis nimmt. Im letzten

Moment schnappen wir unsere Jacken. Es gibt kein Zögern mehr.

Mit witterungsbedingt gemäßigter Geschwindigkeit fahren wir zurück ins Cottage. Baxters Hand landet auf meinem Oberschenkel und ich rutsche näher, um ihn besser küssen zu können. Mein Weihnachtswunsch lässt meinen Bauch in Vorfreude kribbeln. Denn ich kann es kaum erwarten, mein Geschenk endlich auspacken zu dürfen. Weihnachten ist ja doch nicht so schlecht.

Mit einem lauten Knall kracht die Haustür hinter uns ins Schloss, als mich Baxter eng umschlungen ins Cottage befördert und sich mit seinen Händen einen Weg unter meine Kleidung bahnt.

Seine Haare sind völlig zerzaust, als er von mir ablässt. Ich stehe mit dem Rücken zur Wand. Mein Herz pocht vor Aufregung wild in meiner Brust und mein Körper schreit nach Erlösung.

Schweratmend stützt er sich mit beiden Händen neben meinem Kopf ab und lässt seinen verhangenen Blick über mein Gesicht wandern.

Er ist so wahnsinnig sexy, und das Grün seiner Augen, das nun einen Tick dunkler wirkt, entfaltet seine magische Wirkung auf mich.

»Sag mir, wo du dein Geschenk auspacken willst.«

»Hier«, hauche ich flüchtig und mache mich an die Arbeit.

Schon während der viel zu langen Autofahrt bahnte sich das zwischen uns an. Wir konnten die Hände nicht voneinander lassen, und wären sogar fast im Tiefschnee gelandet, hätte Baxter nicht mit Mühe und Not den Range Rover im letzten Moment noch auf die Straße zurücklenken können. Und mir fiel nichts Besseres ein, als mich kaputt zu lachen.

Es war so klar, dass es, wenn es passiert, nicht langsam passieren würde. Schließlich wollten wir uns doch schon von Anfang an mit den Augen ausziehen und übereinander herfallen. Wir haben es nur hinausgezögert, indem wir die Sehnsucht bewusst unterdrückt, und sie damit nur noch verstärkt haben. Umso drängender ist nun das Begehren.

Seit der Motor endlich verstummte, sind wir nicht mehr zu stoppen.

Stürmisch fielen wir schon im Auto übereinander her, knutschten wild und ausgelassen. Doch als die dicken Stoffschichten anfingen zu stören, sprangen wir aus dem Wagen und stürmten zum Haus.

Als Erstes mache ich mich an unseren Jacken zu schaffen, die auf den dunkelblauen Sessel fliegen, der neben der Kommode am Eingang steht. Sofort landen meine Hände am Saum von Baxters weichem Merinopulli.

O Gott. Es kribbelt so gewaltig in meinen Fingern, ihn endlich zu erforschen. Was sich durch den Stoff abzeichnet, ist zwar kein Geheimnis, doch es nun genauer unter die Lupe zu nehmen, gefällt mir viel besser.

In einem Rutsch ist der Pulli verschwunden, aber Baxter lässt mich nicht in den Genuss kommen, seinen Oberkörper, der immer noch in einem ärmellosen Shirt steckt, zu bewundern. Denn er presst mich wieder gegen die Wand. Ich kann nur fühlen und das, was ich ertaste, fühlt sich ausgesprochen gut an.

Sein Sixpack, Eightpack, oder wie auch immer dieses stahlharte Konstrukt sich nennt, werde ich bestimmt noch zu Gesicht bekommen. Aber vorerst erobert Baxter meinen Mund und schiebt zeitgleich mein Oberteil nach oben.

Hektisch nestle ich währenddessen an seiner Hose herum und seufze vor Verlangen auf, als er über meine harten Knospen reibt.

»O ja ...«, nuschle ich an seinem Mund. »Mach weiter ...«

Ich entlocke ihm ein Grinsen und erwidere es. Es ist unglaublich, was er da mit seinen geschickten Daumen anstellt.

Seine Hose fliegt zusammen mit meinem Pullover in die nächste Ecke, und das Auspacken geht in die

Endphase. Kurz erhasche ich einen Blick auf sein gesamtes Profil.

Halleluja.

Hach ..., der Körperbau so eines Profisportlers ist definitiv nicht zu verachten. Ich reibe mir jetzt schon die Hände, wenn ich daran denke, ihm seine dunkle Boxershorts mit weißem Boss-Logo abstreifen zu dürfen.

»Schönes Tattoo ...« Baxter grinst anerkennend, als er über die farbigen Linien an meinem Bauch entlang bis zur Hüfte streicht. Mein eigens angefertigtes Kunstwerk, das ich mir in mehreren Sitzungen stechen ließ. Rankende Rosen.

Was er noch nicht weiß: Am Hosenbund ist noch lange nicht Schluss.

Mit zwei Fingern umfasse ich sein markantes Kinn, schiebe sein Gesicht in meine Richtung und schnalze tadelnd mit der Zunge. »Schönes Shirt, aber mir wäre es jetzt echt lieber, wenn du es endlich loswirst.«

»Okay ...« Seine Augen funkeln mich an, und ich brenne lichterloh. »Und du deine Hose.«

Das muss er mir nicht zweimal sagen. Ruckzuck sind die Boots und die Jeans Geschichte, und ich stehe nur noch in Unterwäsche vor ihm.

Und ja. Baxter in eng anliegenden Boxershorts

könnte mein erstes Porträtbild werden, obwohl ich abstrakte Kunst viel besser beherrsche.

Genüsslich lecke ich mir über die Lippen und gehe näher auf ihn zu, um die letzte Hülle an meinem Geschenk zu entfernen. Doch vorher brauche ich unbedingt noch einmal seinen fantastischen Mund.

Auf Zehenspitzen strecke ich mich ihm entgegen und küsse ihn, während ich meine Hände in den Bund der Shorts schiebe.

Sachte streicht er an meinen Armen hinauf und löst einen wohligen Schauer damit bei mir aus.

Unsere Blicke treffen sich erneut, und ich habe das Gefühl, die Zeit würde stillstehen. Nur er und ich am Christmas Eve. Ohne Vergangenheit. Ohne einen Plan für die Zukunft. Nur der Moment, in dem wir uns lieben.

Nur dieses eine Mal.

Seine Hände wandern an meinen Schulterblättern entlang und bahnen sich einen Weg zu den verflixten Befestigungshaken meines spitzenbesetzten BHs, die ich meist selbst kaum lösen kann. Doch Baxter ist deutlich talentierter, und öffnet die drei Biester binnen Sekunden mit nur einem Handgriff.

Die Tatsache lässt mich schmunzeln.

Der BH sinkt nach unten, während sich sein Mund an meinem Hals hinab bewegt und eine Spur von heißen Küssen auf meine Haut setzt.

Er treibt mich damit in den Wahnsinn. Ich will, dass er gleichzeitig die Hände zum Einsatz bringt. Aber er tut es noch nicht.

Ich sehne mich so schmerzhaft nach seiner Berührung. Endlich sind wir fast den Stoff zwischen uns los, und ausgerechnet jetzt schaltet Baxter auf *Slowmo*.

Es nützt alles nichts, ich muss ... »O Gott«, entweicht es mir. Seine Zunge schnellt um meine harten Knospen. Ja. Das ist definitiv gut.

Ich werfe den Kopf in den Nacken und bete darum, dass er damit weitermacht.

Doch plötzlich hört er auf, mich auf diese Weise um den Verstand zu bringen, und nimmt meine Hand. Auf Zehenspitzen tipple ich über den kalten Boden hinter ihm her und folge ihm auf den weichen Teppich vor dem Kamin.

»Was hast du vor?«, frage ich verwirrt, als er die Kissen und Decken von der Couch auf dem Boden auslegt.

Tief schaut er mir in die Augen. »Alison, an Weihnachten muss den Geschenken eine besondere Aufmerksamkeit zukommen. Früher habe ich immer vor dem Kamin mit meinem neuen Spielzeug gespielt.«

Er ist unmöglich. Ich lache ausgelassen und sinke mit ihm zusammen auf seine Spielwiese. Fehlt nur noch das ultimative Bärenfell.

»Definitiv trifft das genau meinen Geschmack. Wie konntest du das nur erahnen?«, lobe ich ihn und spiele seine Geschichte mit.

»Ich höre eben zu.«

Okay, das entspricht der Wahrheit. Das kann ich in der kurzen Zeit wirklich eindeutig bestätigen.

»Sehr zuvorkommend, das schätze ich sehr.«

Er legt seine Hand an der Innenseite meines Oberschenkels ab und startet die Reise zu dem Körperteil, dem er heute noch gar keine Beachtung geschenkt hat.

Das wird auch echt mal Zeit.

Kreisend reibt er über den dünnen Stoff und presst die Feuchtigkeit durch das hauchdünne Material. Ich biege meinen Rücken durch, um ihm näher zu sein. Es ist viel zu lange her, dass ich so berührt wurde.

Langsam lasse ich meine Hand über die Ausbuchtung in seiner Hose gleiten. Ich höre, wie er scharf die Luft einzieht, und lächle.

O ja, ich freue mich auch.

Er hakt seine Finger unter dem dünnen Seidenband ein und befreit mich von dem Slip.

O Gott. Das ist so heiß. Der Kamin knistert, während Baxter seine Streicheleinheiten intensiviert.

Er springt auf und kommt sofort mit einer Folienpackung wieder.

»Hier«, er schnipst das silberne Päckchen durch die Finger, und sie landet zielgenau auf meinem

Bauch. »Nun darfst du dein Geschenk wieder verpacken«, sagt er schmunzelnd und steigt aus seiner Boxershorts.

Ich schnappe nach Luft.

Halleluja. Was für ein großartiges Geschenk. Zum Glück beherrsche ich auch die eine oder andere Fingerfertigkeit, und die kommt jetzt zum Einsatz.

Kniend widme ich mich seinem Glied, und umfasse seine seidig-weiche Haut, was ihn abermals scharf nach Luft schnappen lässt. Ich schmunzle und ziehe ihm das Kondom gekonnt über. Er ist perfekt. Das hier ist perfekt.

Mein Puls rast immer schneller. Ich kann es kaum noch erwarten, dass er mich endlich ausfüllt.

Sanft spreizt er meine Beine. Ich winkle meine Knie an. Hoffentlich kommt er bald näher.

Baxter beginnt, mich an den Oberschenkeln zu küssen. Seine Hände massieren meine Knöchel, und Sekunden später landet sein Mund auf meiner feuchten Mitte.

Himmel, diese Weihnachten werde ich nie vergessen.

Meine Selbstkontrolle schwindet dahin. Vor Verlangen bebt mein ganzer Körper. Ich halte es nicht mehr aus und ziehe ihn näher. Ich muss ihn spüren.

Ich schmecke mich auf seinen Lippen, als er seine Zunge in meinen Mund gleiten lässt.

Ohne unseren Kuss zu unterbrechen, füllt er mich beim nächsten Atemzug aus. Ein gigantisches Gefühl, das meine Kopfhaut kribbeln lässt. *Heilige Scheiße.* Das fühlt sich unglaublich an, was ich mit einem leisen Seufzen unterstreiche.

Rhythmisch beginnt er, sich in mir zu bewegen, und ich komme ihm bei jedem Stoß entgegen.

Unsere Blicke treffen sich. Unsere Körper sind endlich eins. Wir bewegen uns in einer perfekten Harmonie. Besser kann es gar nicht sein.

Baxter erhöht das Tempo. Ja. Ich will mehr. Ich brauche ihn. Ich gebe mich ihm hin, wild und ungestüm.

Er keucht.

Wir beide verlieren völlig die Kontrolle. Hart, rau und temperamentvoll erklimmen wir gemeinsam den Gipfel der Lust.

Ich kralle mich in seinem Haar fest und erobere wie eine Ertrinkende seinen Mund. Doch Baxter ist genauso ausgehungert wie ich. Sein Tempo ist betörend.

Ein raues Stöhnen ertönt aus seiner Kehle. »Gott, Alison.«

Meine Muskeln beginnen zu zucken. »O jaaaa ...«, rufe ich meine Befriedigung heraus. »*Frohe Weihnachten, Alison. Niemals hattest du am Christmas Eve so einen vorzüglichen Orgasmus. Und du solltest nicht im*

Geringsten darüber nachdenken, von deinem Umtauschrecht Gebrauch zu machen. Er ist nicht ersetzbar«, spricht meine innere Stimme zu mir.

Bei einer Sache muss ich allerdings widersprechen. Ich hatte noch nie so einen Orgasmus, nicht nur nicht an den Weihnachtsfeiertagen, sondern die Betonung liegt eindeutig auf niemals.

Scheiße. War das gut.

Als ich am nächsten Morgen die Vorhänge zur Seite schiebe und die Schneelandschaft betrachte, löst die Stille mit dem leisen Knacken des Kaminfeuers im Hintergrund eine Zufriedenheit bei mir aus, die ich schon lange nicht mehr an mir entdecken konnte.

In letzter Zeit habe ich mich zu oft in meinem Atelier versteckt, um die vielen Aufträge abzuarbeiten oder eigene Ideen umzusetzen. Ich habe alles getan, um abgelenkt zu sein und nicht an mein Privatleben erinnert zu werden, das momentan auf Sparflamme läuft.

Ich dachte, ich vermisse nichts und bin glücklich mit meinem Leben, das ich mir nach meinen Vorlieben eingerichtet habe und mit meinem Singledasein. Doch als ich gestern Baxter verstohlen von der Seite ansah, stellte ich fest, dass mir etwas ganz

Entscheidendes gefehlt hat. Eine starke Schulter, an die ich mich anlehnen kann, und starke Arme, die mich auffangen.

Warum habe ich mir eingeredet, ein glücklicher Single zu sein? Denn wenn ich ehrlich zu mir selbst bin, war ich es nicht. Ich habe die Leere in mir nur geschickt vertuscht, indem ich nur noch wie ein gefühlskalter Roboter, der auf Dauerautomatik geschaltet ist, funktionierte. Und das leidige Weihnachtsthema hat mich zusätzlich belastet, so wie es das jedes Jahr aufs Neue tut.

Doch durch Baxter ist wieder so Vieles, das ich so lange mühsam weggesperrt habe, an die Oberfläche gespült worden. Ich fühle mich von ihm begehrt, geschätzt und bedingungslos so akzeptiert, wie ich nun mal bin, ohne mich verstellen zu müssen. Er mag mich und hat kein Problem mit meiner manchmal etwas komplizierten Art. Für ihn ist mein Weihnachtsproblem ein zumutbarer Umstand, der ihn amüsiert. Andere verurteilen mich ständig und können nicht verstehen, dass ich oft gegen den Strom schwimme. Bei ihm ist das anders, und das macht ihn so verdammt liebenswert.

Seit er mich auf der Straße aufgelesen hat, hängt er an meinen Lippen, und das nicht nur im sprichwörtlichen Sinne. Seine Küsse bringen meinen Verstand gehörig durcheinander, rücken aber zeitgleich irgendwie alles ins richtige Licht.

Kühle, klare Luft steigt mir in die Lunge, was nach der stickigen Luft im Hause Henderson gestern Abend eine Wohltat ist. Eine feine Gänsehaut breitet sich auf meinen Armen aus, als der Wind ins Cottage weht. Leicht fröstelnd reibe ich mir darüber und schließe die Terrassentür, bevor die Kälte unter die gehäkelte Decke kriecht, die ich mir um die Schultern gelegt habe.

Denn das Wetter hat über Nacht sein Bestes gegeben. Der Schnee ist doppelt so hoch wie gestern, und der dicke schneewolkenverhangene Himmel deutet darauf hin, dass er erst wieder blau wird, wenn auch die noch folgenden Massen am Boden angekommen sind. Selbst das Wetter hat in diesem Jahr nur eins im Sinn: mir unvergessliche Weihnachten zu schenken.

Mein Trip nach Durness entpuppt sich nach dem etwas aufwühlenden Start nun doch nicht als totaler Reinfall. Und das liegt einzig und allein an Baxter Henderson, der die aufregende Fahrt hierher zu einer unbedeutenden Nebensache werden ließ.

Einen halben Weihnachtstag, einen Weihnachtsabend und die gesamte Weihnachtsnacht lang haben wir uns geliebt, und dem Namen der Feiertage alle Ehre gemacht. Es war wahrlich ein Fest der Liebe.

Sofort melden sich sämtliche Körperstellen, die

Baxter gekonnt mit seinem Mund verwöhnte. Es sind nicht viele, die er ausgelassen hat.

Ich bin dankbar für jede einzelne Stunde, die wir miteinander verbracht haben.

Lange stehe ich am Fenster, verfolge, wie die Flocken erneut tanzen und sich zu den anderen, die über Nacht auf dem Boden gelandet sind, dazugesellen. Wenn es so weiter schneit, werde ich heute nicht mehr losfahren können. Jetzt schon mache ich mir ernsthafte Sorgen darüber, wie weit ich kommen werde. Die Bedingungen auf den Straßen werden nicht optimal sein. Deshalb sollte ich mich schleunigst auf den Weg machen. Mein Herz wird schwer.

Ein Vogelpärchen landet auf der Terrasse und scharrt im Schnee. Es wirkt, als wenn sie sich unterhalten, aber nichts Essbares finden können. Kurze Zeit später setzen sie zum Start an und fliegen weiter. Gemeinsam. Ich werde rührselig.

Alison, es wird Zeit, du musst nach Hause fahren, ermahne ich mich.

Ohne Erklärung erinnere ich mich plötzlich an das, was meine Mutter mir bei meinem Auszug sagte: *Im Leben wirst du immer mal wieder Entscheidungen treffen, die dich zwingen, deine sichere Oase zu verlassen. So spielt das Leben. Man muss nur mutig sein, es zu tun.*

Warum fällt mir das ausgerechnet jetzt ein? Es gibt keinen Grund dazu. Oder doch?

Mein Blick schweift über die verschneite Wiese, die irgendwann nach einer Klippe im Meer mündet, während meine Gedanken wie die Schneeflocken im Wind wirbeln. Vielleicht wird es Zeit, endlich mal wieder mutig zu sein. Die Frage ist nur: Ist das wirklich ein guter Plan?

6

BAXTER

»Guten Morgen. Frohe Weihnachten«, brumme ich verschlafen, und schlinge von hinten meine Arme um Alisons Taille, die mit einer Decke umwickelt ist.

Meinen Kopf schmiege ich an ihren und blicke mit ihr zusammen in die Ferne, wo sie tief in ihre Gedanken versunken scheint. Diese Stille zwischen uns ist beruhigend und wirkt auf mich wie eine Prüfung, die das, was auch immer da zwischen uns läuft, bestätigt, und nicht falsch.

Ihr viel zu vertrauter Duft kriecht in meine Nase, und ich kann mir ein Schmunzeln nicht verkneifen. Die morgendliche Begrüßung gefällt mir zu gut.

Kurz schließe ich die Augen und genieße die Stille, die uns umgibt. Bilder von unserer gemeinsamen

Nacht blitzen auf, und ich verstärke meine Umarmung.

»Warum bist du verschwunden? Mein Bett ist so leer ohne dich.«

»Ich muss nach Hause, Baxter«, sagt sie leise.

Sofort verspanne ich mich, und ein ungutes Gefühl breitet sich in meiner Magengegend aus. »Warum?«

»Weil unser Deal für eine Nacht galt.«

Verdammt. Ist das ihr Ernst? Nachdem wir diese wundervolle Nacht miteinander verbracht haben, denkt sie wirklich daran, nach Hause zu fahren?

Ich drehe sie zu mir um, damit sie mir das ins Gesicht sagt. »Bist du dir nach gestern sicher, dass dieser Deal überhaupt existierte?«

Sie schaut nach unten und hat immer noch die Arme vor der Brust verschränkt. »Sicher bin ich mir nicht. Sag du es mir.«

Mit der Hand streiche ich ihr übers Haar und schiebe langsam ihr Kinn nach oben. Ich kann mich nicht mit ihr unterhalten, wenn sie mir dabei nicht in die Augen sieht. Denn dort wird sie etwas entdecken, das selbst mir fremd vorkommt. Herzschmerz.

Ich will nicht, dass sie fährt. Ich will, dass sie bleibt und ihren geplanten Urlaub mit mir verbringt. Ich kann sie unmöglich gehen lassen. Die Zeit mit ihr war unglaublich schön.

»Ich denke, der Deal war von Anfang an zum

Scheitern verurteilt, oder ist vielmehr spätestens in dem Moment geplatzt, als wir uns zum ersten Mal küssten. Was meinst du?«

Nachdenklich zuckt sie mit der Schulter, und im nächsten Augenblick grinst sie mich an. »Ich schätze, du hättest mich mit deinem Charme zu allem überreden können, auch ohne warmen Schlafplatz als Gegenleistung.«

Ich wusste nicht, dass ich vor Anspannung die Luft angehalten hatte. Jetzt rast mein Herz, und meine Atmung normalisiert sich wieder.

Sofort schließe ich sie in meine Arme und halte sie fest. »Was hältst du von einem neuen Deal?«

»Bitte keine Weihnachtsparty mehr«, jammert sie.

»Nein, keine Sorge.« Sanft massiere ich ihren Nacken »Du bleibst, bis du mich leid bist.«

Ihre Augen strahlen vor Glück. »Baxter. Ehrlich?« Mein Herz setzt kurz aus. »Wie könnte ich dich leid sein?« Und poltert sofort wieder los.

Das hätten wir geklärt.

Mein Mund landet auf ihrem. Stürmisch schiebe ich meine Hand in ihr Haar, um ihren Kopf näher zu ziehen, damit ich den Kuss vertiefen kann.

Ihre Arme gleiten um meinen Körper, und die Decke sinkt zwischen uns zu Boden. Sie ist nackt.

Stürmisch hebe ich sie an den Hüften hoch und trage sie zurück zum Bett.

Von wegen abreisen. Auf keinen Fall lasse ich sie gehen. Ich werde ihr zeigen, was ihr alles entgeht, wenn sie fährt.

Kichernd lehnt sie sich gegen meine Brust, als ich sie auf dem Schlafzimmerboden abstelle.

»Du kannst ziemlich besitzergreifend sein. Aber denk nicht, dass ich das nicht auch kann«, sagt sie mit einem verführerischen Unterton, als sie der Länge nach über meine Härte streicht.

O Mann. Mein Glied zuckt erwartungsvoll, wenn sie so redet. Ich kann nicht leugnen, dass mir das gefällt.

Sie klemmt ihre Daumen in meine Shorts, schiebt sie an meinen Beinen herunter und geht auf die Knie.

Verdammt. Sie wird es tun.

Fest umschließt sie meinen Schaft. Ich stöhne und werde noch härter.

Quälend langsam lässt sie ihre Hand an meinem Glied auf und ab gleiten. Meine Finger vergraben sich in ihrem Haar. O ja, ist das gut.

Sie schaut mich von unten herauf an, befeuchtet ihre Lippen lasziv mit ihrer Zunge, und ist nur noch wenige Zentimeter von meiner Spitze entfernt.

Mein Herz hämmert in freudiger Erwartung darauf, dass sich endlich ihre Lippen um mich schließen.

O fuck, und dann passiert es.

Ich bekomme kaum Luft, als ihr heißer Mund mich aufnimmt.

Halb liegt Alison auf meiner nackten Brust. Ein Bein hat sie angewinkelt, und ihre Haare sind wie ein Fächer um ihren Kopf herum ausgebreitet. Sie hat die Augen geschlossen, aber ich bin mir sicher, dass sie wach ist. Ihre seitliche Liegeposition gewährt mir einen perfekten Ausblick auf ihr rankendes Tattoo. Von ihrem Bauch bis über die Hüfte, läuft es am Knie aus.

So kann man sich täuschen, ich hätte nicht gedacht, dass sie ein Fan solcher Körperkunst ist, trotzdem passt es zu ihr. Geheimnisvoll und sexy.

Noch immer bin ich ganz benommen, und fühle mich fast, als würde ich schweben. Sie ließ sich Zeit, verwöhnte mich ausgiebig und voller Hingabe mit ihrem Mund und erweckte mich zum Leben.

Ich war zwar nicht tot, aber festgefahren in meinem Lebensplan, in dem keine Frau auf Dauer vorgesehen war. Und jetzt ... ist alles viel lebendiger, und damit besser als jeder Plan es je sein könnte.

Danach revanchierte ich mich und liebte sie langsam und zärtlich.

Nun liegen wir hier, verknotet ineinander. Und es fühlt sich bombig an. Meistens bin ich nach einer schnellen Nummer verschwunden, habe mich vom Acker gemacht und niemals eine Frau mit zu mir genommen.

Zärtlichkeiten wurden nur während des Aktes ausgetauscht und nie danach, so wie jetzt. Somit habe ich mit Alison schon eine Menge meiner Prinzipien durchbrochen. Trotzdem fühlt es sich absolut richtig an.

Geerdet schwelge ich grinsend in der Erinnerung an unser Liebesspiel und zeichne mit den Fingerspitzen die ineinander verflochtenen Ranken nach. Trotz der Farbe fühlt sich ihre Haut weich und glatt an.

Ich stoppe.

»Mach weiter, das ist schön«, flüstert sie.

Ich grinse mindestens so breit wie bei meinem letzten Sieg. Das Polospielen bedeutet mir generell sehr viel. »Das Tattoo sieht toll an dir aus.«

Sie schmunzelt. »Danke. Ich habe es selbst entworfen.«

»Echt?!«, hake ich überrascht nach.

»Jahrelang lag die Zeichnung in meiner Schublade. Aber ich habe mich nie getraut, es mir stechen zu lassen, weil ich Angst vor dem Schmerz hatte. Zwei Termine habe ich in der Zeit sausen lassen«, erklärt sie und streicht mit der Handfläche über meine Brust.

Das Tattoo wirkt auf mich wie ein Magnet. Meine Finger fahren jede Linie nach.

»Was ist passiert, dass du die Angst überwunden hast?«

»Mein Wille. Ich habe mir geschworen, genau dieses Motiv sollte auf meiner Haut sein. Ein Kleineres wäre für mich keine Alternative gewesen. Dann hätte ich lieber ganz drauf verzichtet. Es kam nur diese eine Zeichnung infrage. Mein eigenes Werk.«

Und wieder macht sie mich sprachlos. Ich bewundere sie. Was auch neu für mich ist. Normalerweise schauen die Frauen zu mir auf. Nun hat sich das Blatt gewendet.

Ist es das, was mir immer gefehlt hat, um mich enger zu binden? Eine Frau, die genau auf meiner Welle schwimmt und sich nicht herunterschubsen lässt?

Alison ist stark. Eine Traumfrau für mich.

Meine Lebenserfahrung reicht aus, um das zu erkennen. Sie hätte gehen können. Ich hätte sie nicht gezwungen zu bleiben. Es war mein sehnlichster Wunsch, dass sie uns eine Chance gibt, und sie ist darauf eingegangen. Und nun will ich sie schützend in meinen Armen halten.

»Auf was für eine Verletzung hat dein Stiefbruder angespielt?«, fragt sie leise, als wenn sie gleich wieder in einen entspannten Schlaf sinken möchte.

Als ich an den Unfall zurückdenke, zieht sich mein Herz krampfhaft zusammen. »Ich bin beim vorletzten Meisterschaftsspiel bei einem Angriff vom Pferd gestürzt und direkt auf meiner Schulter gelandet. Alles halb so wild.«

Vielleicht hilft es mir, mir das einzureden. Unter Belastung verspüre ich nämlich immer noch Schmerzen und bete, dass die Beweglichkeit bald wieder zu hundert Prozent hergestellt ist. Ich will noch keine Veränderung in meinem Leben. Meine Karriere darf noch nicht vorbei sein.

»Aber ... du hast noch Schmerzen?« Mit ihrer Frage trifft sie ins Schwarze. Woher kann sie das wissen? Ich versuche, mir nichts anmerken zu lassen.

»Wie ...?«

Sie unterbricht mich. »Ich sehe es an deinem Gesicht, wenn du eine falsche Bewegung machst.« Ihre Finger kreisen über den Bereich, der am meisten schmerzt.

Ihre Empathie öffnet mir mein Herz. »Du kennst mich schon sehr gut.«

Sie lächelt. »Hast du Angst, dass die Verletzung dich zum Karriereende zwingt?«

»Ich habe eine Scheißangst«, gebe ich zu. Warum soll ich mich vor Alison verstellen? Dadurch bin ich nicht schwach. Ich will, dass sie weiß, wie es in meinem Innersten aussieht.

»Kann ich verstehen. Als ich damals an der Kunsthochschule abgelehnt wurde, brach auch erst eine Welt für mich zusammen. Aber nach meinem Auslandsjahr haben sie mich doch angenommen und alles war perfekt. Manchmal sind Wegänderungen oder kleine Umwege gar nicht so übel. Die Zeit möchte ich jedenfalls nicht missen.«

»Wo warst du?«, möchte ich wissen.

»Ich bin durch Europa gereist. War in allen möglichen Museen, habe viele Künstler kennengelernt und ein paar Kreativkurse in Frankreich belegt. Definitiv habe ich dadurch meinen Horizont erweitert. Und der Zwischenstopp war wichtig.«

»Dann bist du eine Weltenbummlerin?«

»Nein, so würde ich es nicht bezeichnen. Ich bin schon sesshaft. Aber mir gefällt das Reisen, dabei neue Orte zu entdecken, die mir neue Ideen geben, mich inspirieren.«

Ihre Worte sind voller Leidenschaft und Wärme, wenn sie von sich erzählt. Ihre Vergangenheit fasziniert mich. Und das Hier und Jetzt sowieso.

»Ich würde dich gern begleiten ...«, spreche ich meine Gedanken laut aus. Das würde ich wirklich gern.

Meine Finger stoppen an der dunkelroten Rose, die oberhalb ihres Hüftknochens gestochen wurde.

Alison dreht ihren Kopf zur Seite und schaut zu

mir auf, in mein Gesicht, das in die dicken Kissen gebettet ist. »Baxter, glaubst du an Schicksal?«

Ihre Frage überrascht mich. Doch sie könnte von mir stammen, denn genau das beschäftigt mich, seit wir nach unserer zweiten Kuscheleinheit wach geworden sind.

Verträumt streichle ich ihren Arm. »Wenn du dabei auf uns anspielst, dann ja.«

Sie schenkt mir ihr süßestes Lächeln und vergräbt unvermittelt ihren Kopf unter der Bettdecke.

»Hey ...« Meine Hand gleitet über ihren Rücken, und ich kraule sie an der Schulter. »Bekomme ich keine Antwort?«, ermahne ich sie mit einem Schmunzeln.

»Doooch«, ertönt es dumpf durch die Daunendecke.

Langsam linst sie unter der Decke hervor und starrt mich an.

»Was ist los? Habe ich etwas Falsches gesagt?«

»Nein«, murmelt sie.

Ich kann sie kaum verstehen und befreie sie aus ihrem Versteck.

»Was dann?«, frage ich unsicher. Herrje, bisher hat es nie eine Frau geschafft, mich zu verunsichern.

»Ich ... habe ...«, stammelt sie.

Meine Güte. Was bringt sie so durcheinander?

»Baxter, ich habe so etwas immer für total kitschig

und unmöglich gehalten. Solche Geschichten stehen in Büchern, aber passieren niemals im wahren Leben. Schon gar nicht mir.«

Zärtlich umfasse ich ihr Gesicht mit beiden Händen. »Wir sind das beste Beispiel dafür, dass das Leben solche Geschichten schreiben kann.«

Einige Sekunden sehen wir uns tief in die Augen. *O Gott.* Ein völlig neues Gefühl flammt in mir auf: Entschlossenheit. Wenn unsere gemeinsame Zeit hier vorbei ist, muss ich sie unbedingt wiedersehen.

Fühlt es sich so an, wenn man seine Seelenverwandte findet?

»Und was ist, wenn die gegenwärtige Situation unseren Blick verfälscht und uns gefühlsduselig werden lässt? Du weißt schon ... Magie der Weihnacht – auch, wenn ich an die ja sowieso nicht glaube. Die Puderzuckerwelt da draußen. Dein urgemütliches Cottage. Meine Not, in der du mein Retter warst. Meine Vorstellung von Romantik, die du mit leidenschaftlichem Sex vor dem Kamin noch getoppt hast.«

Alison redet sich richtig in Rage. Hört sie selbst nicht, wie hohl ihre Ausflüchte klingen? Genau das, was sie da aufzählt, war doch wunderschön.

»Nein.« Ich streiche ihr über die Wange. Mein Puls rast. »Ich bin mir sehr sicher, dass ich mich zu dir hingezogen fühle. Und ja, ich gebe zu, mich macht das mächtig nervös, weil das für mich neu ist.«

Sie runzelt die Stirn, und ich wappne mich für eine Liste weiterer Bedenken, die ich ihr nehmen muss. Doch ihr Gesichtsausdruck wechselt zu verführerisch-süß.

»Aha, der schottische Liebesgott ist also unsicher«, neckt sie mich, indem sie die letzte Silbe in die Länge zieht. »Interessant.« Sie schlägt die Bettdecke zur Seite und klettert rittlings auf mich. »Welche Geheimnisse kann ich dir noch entlocken?«

Meine Hände landen automatisch auf ihrer Hüfte. Etwas perplex lege ich den Kopf schräg und mustere sie. »Wie nennst du mich?«

Ihre Haare hängen wie ein Vorhang über ihren Brüsten, nur die unteren Rundungen lugen heraus. Sie wackelt mit den Brauen. »Schottischer Liebesgott. Oder ist dir ein anderer Spitzname lieber?«

Kurz halte ich inne. »Nein. Ich finde ihn angemessen«, ziehe ich sie auf.

Ihre Finger streichen über meinen Brustkorb. »Spaß beiseite ... Baxter, die Zeit mit dir ist wunderschön. Ich würde es ganz fantastisch finden, wenn du mich in Edinburgh besuchen kommst.«

Auf einmal macht sie es mir sehr schwer, mich noch auf ein ernsthaftes Gespräch zu konzentrieren. Denn das Bild, das sie mir präsentiert, ist viel zu sexy, und ihre lasziven Bewegungen aktivieren meine untere Körperregion. Mein Gehirn schaltet auf Off-Modus.

»Was ist los, Baxter?«, fragt sie mit diesem süßen Schlafzimmerblick.

Meine Lippen kräuseln sich. »Dass ich die Feiertage so verbringe, hätte ich nicht für möglich gehalten.«

Liebevoll greift sie in mein Haar und zieht meinen Kopf näher zu sich heran. »Ich schätze, da hatten wir beide einen anderen Plan. Aber Pläne sind da, um geändert zu werden.«

Ihre Lippen berühren meine. Der Kuss ist voller Begehren und Hoffnung, und erweckt ein flammendes Inferno in mir. Wie soll ich je wieder einen Tag ohne sie sein?

Schnell besorge ich ein neues Kondom. Die Verpackung fliegt ohne Inhalt auf den Boden. Ich streife mir das Gummi über und Alison nimmt mich beim nächsten Atemzug in sich auf.

Fuck. Scharf ziehe ich die Luft durch die Lippen ein. Es ist so verdammt gut. Gebannt und wie im Rausch beobachte ich die Stelle, an der wir miteinander verschmelzen. Ein fantastischer Anblick.

Wild klammert sich Alison an der Kopfseite des Bettes fest und wirft ihren Kopf in den Nacken.

Meine Daumen pressen sich oberhalb ihres Hüftknochens in ihre weiche Haut, um ihr Tempo zu drosseln. Doch ihrem brennenden Verlangen Einhalt zu bieten, bringt mich an meine Grenzen, und ich lasse ihre hemmungslose Leidenschaft zu.

Postwendend schnappe ich sie mir. Sie kreischt. Und im nächsten Moment liegt sie auf dem Rücken, und ich befördere uns erneut in den siebten Himmel.

7

ALISON

Es ist fünf vor zwölf, und wir haben es wieder getan – unser eigenes Glücksfeuerwerk der Gefühle gezündet. Ein anderes brauchen wir an diesem Silvesterabend gar nicht. Hauptsache, wir haben uns.

Wenn ich einen Reisebericht über meinen Kurztrip verfassen müsste, wäre er für die Zuhörer ziemlich eintönig. Bett, Couch, Bett, zwischendurch eine warme Mahlzeit in einem der urigen Restaurants, und Spaziergänge durch den Tiefschnee. Aber keiner weiß, wie sehr ich diese Auszeit genieße – außer Baxter, dem flüstere ich das jedes Mal ins Ohr.

Und was macht er? Wirbelt mich durch die Luft oder küsst mich bis zur Besinnungslosigkeit.

Aber genau danach verzehre ich mich so sehr. Wir tun uns beide sehr gut. Die Feiertage gehören zu meinem Jahreshighlight, und in wenigen Sekunden werden wir uns ein ‚Frohes neues Jahr' wünschen. Was wird das Jahr für uns bereithalten?

Aus einer Nacht wurden sieben. Und obwohl ich nach dem Fiasko mit meiner Fake-Buchung keine große Hoffnung auf meine verdiente Auszeit mehr hatte, kam mir der Zufall, das Schicksal, oder woran immer man auch glauben mag, zur Hilfe.

Unser Christmas Deal war der Startschuss für eine Liebesbeziehung. Kaum zu glauben, aber Baxter besitzt sehr feine Charakterzüge, die mich kaum davon abhalten, eine Dummheit zu machen.

Aus dem Schrecken der Weihnacht wurde mein persönliches Weihnachtswunder, aus verhassten Feiertagen mit der Familie süße Stunden mit Rotwein vor dem Kamin. Stundenlang erzählen wir uns gegenseitig Geschichten aus unserem Leben, lernen einander kennen und genießen die gemeinsame Zeit.

Klingt nicht nur romantisch, das ist es auch. Baxter hat mein Herz im Sturm erobert. Aber da ist noch so viel mehr.

Aus einer unverhofften Begegnung entsteht Liebe. Ganz zufällig, ohne Vorankündigung, und wie eine plötzliche Schneewehe, hat es mich erwischt. Er ist aus dem Nichts in mein Leben gerauscht. Ich hätte nie gedacht, dass mir das einmal passiert.

Wenn mich jemand fragen würde, sind diese Weihnachten meine wohl schönsten Weihnachten – *ever*.

Manchmal schwirrt mir kurz der Kopf, weil ich das alles gar nicht fassen kann. Aber sobald ich in Baxters Armen liege, und der Schnee wie Glückskristalle auf uns hinabfällt, ist alles wieder gut.

Mit hochroten Wangen falle ich auf die Matratze und starre an die Decke. Herr im Himmel, was war das ...? Ja, was war es denn? Mir fehlen schlicht die Worte. Meine Atmung geht unregelmäßig. Mein Körper pulsiert und kribbelt. Nur langsam komme ich wieder zu mir.

Jede Silvesterparty kann mir ab sofort gestohlen bleiben, wenn Baxter mich stattdessen nach allen Regeln der Kunst verführt.

Halleluja.

Sofort erscheint er grinsend in meinem Sichtfeld. Völlig high – im Hormonrausch – erwidere ich es.

Sanfte Küsse voller Hingabe verteilt er auf meinem Bauch. Bedingungslos. Zart wie schmelzende Schokolade auf meiner Haut.

Wie eine Süchtige ziehe ich ihn näher. »Frohes neues Jahr, Baxter.«

»Frohes neues Jahr, Alison«, raunt er mir zu und küsst mich.

Irgendwo in der Ferne hört man das Donnern des Feuerwerks, und Lichtblitze flackern am Himmel.

Baxter hält mich in seinen Armen, während mein Kopf in seiner Halsbeuge liegt. Die Welt darf jetzt gern stehen bleiben.

»Komm, zieh dir schnell etwas an. Lass uns das alte Jahr abschließen und gemeinsam ein Neues beginnen«, schlägt er vor und schwingt sich mit mir zusammen aus dem Bett.

'Gemeinsam ein Neues beginnen' – seine Worte hallen in meinem Kopf wider und ich grinse wie eine Verrückte. Das fühlt sich an wie Zuckerwatte in meinem Kopf – unendlich süß.

In Windeseile schlüpfen wir in unsere Sachen, die wir aus einer bis ins Wohnzimmer verstreuten Spur vom Boden aufsammeln.

Fix und fertig angezogen und dick in Mütze und Schal eingemummelt, gehen wir mit der Raketenpackung nach draußen in die verschneite Nacht, die vereinzelt von bunten Lichtern erhellt wird, die sich wie Glitzerkristalle auf der Eisschicht spiegeln.

Die Kälte verfängt sich in meiner Kleidung, doch der Zauber der Natur lenkt mich erfolgreich ab.

Der Himmel ist heute sternenklar. Der Mond leuchtet wie eine fein säuberlich gemalte Sichel, und die Sterne funkeln wie Diamanten. Den ganzen Tag hatten wir das schönste Winterwetter mit Sonnenschein, und nun empfängt uns diese beeindruckende nächtliche Kulisse. Es ist so romantisch.

Anders als in der Großstadt, wo es aufgrund von Straßenlaternen, Leuchtreklamen und rund um die Uhr angestrahlten Gebäuden nie wirklich dunkel ist, können wir hier jede einzelne Rakete, die am Himmel explodiert, in aller Ruhe in ihrer Schönheit betrachten. Klar, deutlich und zum Greifen nah.

Ich lächle glücklich und beobachte Baxter, der eine leere Weinflasche in den Schnee steckt, sie mit dem Fuß festtritt und die erste unserer Raketen darin positioniert.

»Bereit?«, ruft er und hält das Feuerzeug an die Lunte.

»Ja!« Ich strecke ihm den Daumen hoch, und blitzschnell schießt der erste Feuerwerkskörper in die Luft. Es kracht. Bunte Kreise drehen sich in der Dunkelheit. Es knistert und Tausende Glitzerfunken fallen wie Sternschnuppen vom Himmel. Wunderschön.

Die Nächste geht heulend in die Luft. Es knallt, und Hunderte kleinere Explosionen sprengen farbig heraus. Der Moment ist ergreifend. Ich weiß gar nicht, wann ich das letzte Mal ein Feuerwerk so intensiv erlebt habe.

Jetzt kann ich verstehen, dass den Leuten bei so einem Anblick die Ahs und Ohs aus dem Mund sprudeln. Ich kann sie nämlich auch nicht zurückhalten.

Noch sieben weitere Male darf ich die Schönheit unserer kleinen, privaten Pyroshow bestaunen, bis

Baxter fast am Ende seiner Vorführung auf mich zukommt.

»Los, die Letzte zünden wir gemeinsam an und wünschen uns dabei etwas.«

Eine wirklich romantische Geste. Natürlich habe ich nichts gegen seinen Vorschlag einzuwenden.

»Gern«, sage ich und ergreife seine Hand, die er mir entgegenhält.

Zusammen stapfen wir durch den knirschenden Schnee. Mein Herz schlägt vor Aufregung unnatürlich schnell. Ob mein Wunsch in Erfüllung geht?

Baxter steckt die letzte Rakete in die Flasche, umschließt meine Hand mit seiner und führt sie an die Lunte. Er knipst das Feuerzeug an. Die Flamme flackert.

»Sollen wir?« Sein Blick huscht über mein Gesicht, und er sieht mich abwartend an.

Die aufgeregten Flügelschläge der Schmetterlinge in meinem Bauch hindern mich daran, ihm sofort eine Antwort zu geben. Baxter lächelt. Ich liebe es, mich in seinem Blick zu verlieren. Seine Augen funkeln im Schein der Flamme, und ich fühle mich ihm ganz nahe.

Verträumt nicke ich. »Ja, ich bin startklar.«

Ich schließe kurz meine Augen und sende meinen Herzenswunsch in Richtung Himmel. Zischend schießt die Rakete nach oben, zerschellt krachend, und der wunderschöne Glitzerregen sinkt prickelnd auf uns hinab.

Eine gemeinsame Zukunft mit Baxter wäre traumhaft.

Weitere Funken sprühen, als mich seine Lippen unerwartet treffen und wir den innigen Moment in die Länge ziehen.

So habe ich das neue Jahr nie zuvor willkommen geheißen. Wieder eine Premiere. Mit Baxter hatte ich schon ein paar. Werden es noch mehr? Wenn mein Wunsch in Erfüllung geht, wird unser Weg hier nicht enden.

Ich lächle an seinem Mund.

»Was ist?«

»Mir hat die Woche mit dir sehr gefallen«, gestehe ich und lege meine Hand an seine Wange. Er schmiegt sich hinein und lächelt mich an.

»Mir auch.«

Ich muss ihm sagen, wie viel mir das alles bedeutet.

»Zum Glück hat man mich übers Ohr gehauen. Wäre das nicht passiert, hätte ich dich niemals kennengelernt.«

Sein Blick wird noch liebevoller. »Ja. Zum Glück hast du ausgerechnet beim Anhalten meine Auffahrt blockiert.«

Zufall? Vorherbestimmung? Wer weiß das schon

so genau. Fakt ist: Es ist das Beste, was mir je passiert ist.

Das wohl denkwürdigste und heißeste Weihnachtfest lasse ich zurück im alten Jahr, das schöner nicht hätte enden können. Die Feiertage waren perfekt. Nur wir im Hier und Jetzt.

Zum Hauptgericht und Nachtisch bekam ich Baxter serviert. Wer braucht schon traditionellen Christmas-Pudding, wenn man vom schottischen Liebesgott auf der Straße aufgelesen wird? Keine Süßspeise kann das Exemplar, das vor mir im Schnee kniet, toppen.

Er ist mein Traummann.

Ein neues Jahr voller Überraschungen steht auf dem Plan. Da bin ich mir sehr sicher. Doch genau das macht das Leben aus. Nimm es, wie es kommt, und genieße es in vollen Zügen.

Eine einsame Träne kullert an meiner Wange herunter. Nun hat es mich doch erwischt. Freudentränen.

»Hey ...« Baxter fängt sie mit seinem Daumen auf. »Warum weinst du?«

Mein Herz veranstaltet schon wieder diese merkwürdigen Luftsprünge, als er mich ansieht. »Ich bin glücklich.«

»Ich auch.«

Seine Worte lassen mich von innen heraus strahlen. Der Moment ist perfekt und meine Gefühle für Baxter kochen über.

Ich betrachte sein attraktives Gesicht. Ein sehnsüchtiger Blick liegt in seinen grünen Augen.

Er ist so ein toller Mann. Ich kann es nicht fassen, wie schnell er mir so nah gehen und so sehr ans Herz wachsen konnte – rasend schnell, und ohne Geschwindigkeitsbegrenzung.

Völlig verzückt hebe ich meine Hand und streiche mit den Fingerspitzen über sein Gesicht, das mittlerweile wieder raue Bartstoppeln ziert. Sie gefallen mir ausgesprochen gut.

Sein Grinsen wird breiter.

Ich seufze. »Ich warne dich. Ich bin nicht perfekt. Ich werde bestimmt Fehler machen, die dich nerven. Aber bei einer Sache kannst du dir sicher sein: Ich liebe dich.«

Zärtlich streicht er mir durchs Haar. »Niemand ist perfekt. Aber weißt du, was perfekt ist? Dich lieben zu dürfen, und mit dir gemeinsam nicht perfekt sein zu müssen«, raunt er und besiegelt seine Worte mit einem leidenschaftlichen Kuss.

Und nun bin ich mir sicher, dass es nichts Perfekteres gibt, als diesen Mann küssen zu dürfen, wann immer ich will.

EPILOG

Ein Jahr später …

BAXTER

»Baxter!«, ruft Alison mit lauter Stimme, als sie die Treppe heruntergestürmt kommt. »Weißt du, wo ich meine Halskette hingelegt habe?«

In Windeseile lasse ich die rote Schachtel in der obersten Schublade der Kommode verschwinden. *Mist.* Muss sie ausgerechnet jetzt hereinplatzen, wenn ich ein geeignetes Versteck für ihr Weihnachtsgeschenk suche?

Ich räuspere mich. »Was hast du gesagt, Schatz?«, entgegne ich ihr in derselben Tonlage, während ich das Schubfach fast lautlos schließe, und spiele den Ahnungslosen, indem ich mich an dem Schrank neben dem Kamin abstütze.

Geräuschlos lasse ich den angehaltenen Atem entweichen. Das ging in letzter Sekunde noch so gerade eben gut. Zum Glück hat sie mich nicht erwischt und entdeckt, wie und was ich gerade dabei war, zu verstauen.

Mein Geschenk liegt nun sicher an einem geheimen Ort. Für später, wenn wir wieder allein sind. Ich komme mir vor wie ein Dieb, der auf frischer Tat ertappt wurde, und nur langsam findet mein Herz wieder in seinen steten Rhythmus zurück. Dabei habe ich nur das kleine Päckchen versteckt und nichts gestohlen.

»Hast du eine Ahnung, wo meine Kette ist?«, fragt sie, als sie in ihrem schwarzen Cocktailkleid und barfuß durch den Rundbogen, an dem der obligatorische Mistelzweig an einer Lichterkette befestigt ist, ins Wohnzimmer rauscht.

Wow. Sie sieht aus wie ein Engel – nur in Schwarz, aber dennoch bezaubernd.

Ihre Haare hat sie zu einem tiefen Zopf zusammengebunden und sie ist wie immer wunderschön. Und dennoch heute ganz besonders.

Liegt es an Weihnachten, oder weil heute dieser eine besondere Tag ist, der von nun an unsere gemeinsame Zukunft einläutet? Wenn sie ‚Ja' sagt. Aber so, wie sich das zwischen uns in diesem einen Jahr entwickelt hat, müsste ich mich schon schwer täuschen, wenn sie meine Frage verneint. Ich liebe sie und sie mich.

»Wann hast du sie das letzte Mal getragen?«, frage ich.

»Ich weiß es nicht.« Sie wirkt hilflos und traurig. Ich weiß, wie viel ihr die Kette ihrer Oma bedeutet. »Ich habe schon überall nachgesehen.«

Ich gehe zu ihr. Lege meine Hände auf ihren Hüften ab und ziehe sie näher. Sanft küsse ich sie auf die Nasenspitze, denn ihre Lippen glänzen vom rosafarbenen Lipgloss. Als wir uns wieder ansehen, bemerke ich, dass der Mistelzweig direkt über unseren Köpfen hängt. Den richtigen Kuss muss ich mir wohl für später aufheben.

»Komm, wir suchen gemeinsam. Wir werden sie schon finden«, versuche ich Alison zu beruhigen.

»Aber wir kommen zu spät«, jammert sie. »Wir müssen uns jetzt auf den Weg machen. Eigentlich müsste ich die Kette nicht unbedingt tragen. Aber ich habe das ungute Gefühl, dass sie weg ist. Und das macht mich gerade echt fertig.«

»Hey.« Mit zwei Fingern schiebe ich ihr Kinn nach

oben und schaue ihr tief in die Augen, die im Glitzern der Sternenlichterkette über uns besonders glänzen. »Deine Eltern werden es verstehen, wenn wir uns verspäten. Sie ist nicht weg. Du hast sie nur verlegt.«

»Baxter, es ist der Weihnachtsabend«, widerspricht sie mir.

Jedes Mal entlockt es mir ein Schmunzeln, wenn ich sehe, mit wie viel Liebe und Eifer sie ihr Haus für uns hergerichtet hat. Und das von sich aus.

Als ich vor einer Woche aus Durness zurückkam, erstrahlte das Haus für die Feiertage in dieser romantischen Atmosphäre. Dezent stilvoll, aber durchaus so, dass man spürt, dass Alison erste Sympathien für die weihnachtliche Zeit entwickelt.

Dafür liebe ich sie noch mehr, denn es verleiht dem Haus damit noch ein bisschen mehr Behaglichkeit. Sie gibt mir hier ein richtiges Zuhause. Einen Ort, an dem ich endlich angekommen bin.

Niemals hätte ich sie dazu überredet, es für mich zu tun, umso schöner ist es, dass sie ganz allein auf die Idee kam, Dekoration zu kaufen und sie aufzustellen.

Hell beleuchtete Sterne hängen in den Fenstern. Auf dem Esstisch steht ein großer Teller mit glitzernden, bunten Kugeln und vier halb abgebrannten Kerzen. Der Tannenbaum duftet wie frisch geschlagen und wurde von uns gestern mit grünen Kugeln, kleinen goldenen Glöckchen und weißen Sternen geschmückt. Mir gefällt das Rundumpaket – das Leben an Alisons Seite – sehr gut.

Was sich in einem Jahr alles verändert hat. Weihnachten kann doch sehr schön sein.

Vor genau sechs Monaten habe ich meine Zelte in London abgebrochen und bin zu Alison nach Edinburgh gezogen. Meine Schulterverletzung war zwar auch ein Grund, warum ich meine Profikarriere an den Nagel hängen musste, aber mein eigentlicher Beweggrund war ein anderer: Alison.

Immer mehr verfestigte sich mein Wunsch, mir mit ihr etwas Gemeinsames aufzubauen, einen neuen Lebensabschnitt mit ihr zu beginnen. Eine Fernbeziehung hätte niemals funktioniert. Das wollte ich auch nicht. Ich wollte sie und will sie immer noch. Und das möglichst oft um mich herum. Deshalb werde ich sie auch heute, ein Jahr nach unserer ersten Begegnung, fragen, ob sie auch den nächsten Schritt mit mir gehen will. Ich will sie in jedem Fall.

Jeden Tag, wenn ich aufwache und in ihr glückliches Gesicht blicken darf, fühle ich mich wie der größte Glückspilz auf dem Planeten. Ich will nicht mehr warten. Weil ich weiß, dass wir füreinander bestimmt sind. Das wusste ich schon, als sie in meinem Cottage mit mir Whisky trank. Und dieses Gefühl bestätigte sich, als ich das farbenfrohe Bild, das sie extra für mich angefertigt hat, über meinem Bett aufhängte. War doch darin eindeutig ihre Gefühlsverfassung während der Entstehungszeit zu erkennen. Sie hat recht damit, dass die Auswahl der Farben und der Schwung der Pinselstriche ihre Stimmung auf die Leinwand transportieren. Und der Titel sagt es eben auch: Versehentlich verliebt.

Sie ist die Eine für mich.

Beruflich hat sich ebenfalls eine ganze Menge verändert. Nachdem ich nach Edinburgh zog, entwickelten sich erste Ideen, wie ich Grandpas Erbe antreten könnte.

Mein Wunsch, meinen eigenen Whisky zu produzieren, wurde immer stärker. Daher durchforstete ich alle alten Geheimrezepte und entwarf erste Pläne für eine neue Sorte.

Seitdem pendeln wir zwischen Durness und Edinburgh hin und her. Alisons Galerie ist nur noch an drei Tagen pro Woche geöffnet. Für die restliche Zeit hat sie sich in meinem Cottage ein Atelier eingerichtet und macht mich damit zum glücklichsten Mann auf Erden.

Es war ihr Vorschlag, als ich ihr von meinem Vorhaben erzählte. Sie ist so eine tolle und ausgeglichene Person. Manchmal glaube ich, sie weiß gar nicht, wie viel mir das alles, wie viel sie mir bedeutet. Sie gibt mir Halt und Stärke.

Natürlich stieß ich bei meinen Verwandten mit der Neuentwicklung und dem Ausbau des Vertriebs zunächst auf Widerstand. Allerdings hatte ich auch nichts anderes erwartet.

Doch während sie sich ihres Sieges allzu sicher waren, haben sie bei ihrem Widerspruch, den sie auch durch einen Anwalt prüfen ließen, ein wesentliches Detail übersehen. Meine Gran. Denn mit meinen und ihren fünfundzwanzig Prozent der Firmenanteile waren sie haushoch überstimmt.

Ungeachtet dessen war das nicht alles. Gran und ich sorgten dafür, dass mein Vater als Geschäftsführer abberufen und ich stattdessen in dieser Position eingesetzt wurde.

Granny ist überglücklich, Alison und mich nun häufiger zu Gesicht zu bekommen.

Auch das habe ich Alison zu verdanken. Sie war diejenige, die mich ermutigte, diesen Schritt zu wagen. Obwohl ich mir die Geschäftsleitung, trotz meines Studiums, nie zugetraut hatte, muss ich mir eingestehen, dass ich meine neue Aufgabe recht ordentlich meistere. Ich lerne viel – und jeden Tag dazu.

Alison sieht in mir mehr, und das sollte ich langsam wohl akzeptieren.

Deshalb verschränke ich nun unsere Finger und helfe ihr, ihre heiß geliebte Kette zu finden. Ich bin für sie da und sie für mich. In guten wie in schlechten Tagen, weil ich sie liebe.

Glücklich blickt mich Baxter von der gegenüberliegenden Tischseite an und stößt sein Glas gegen meins. Dabei formt er lautlos ein ‚Ich liebe dich' und zaubert mir damit ein Lächeln ins Gesicht. Er macht mich so unendlich glücklich.

Dennoch ist heute irgendetwas anders als sonst. Ich weiß nicht genau, was es ist. Aber sein Blick wirkt so klar und voller Überzeugung.

Was ist nur mit ihm los? Oder ist mir die Weihnachtsstimmung in Kombination mit dem vielen Rotwein, den mein Vater zum Essen servierte, zu Kopf gestiegen?

Nachdem wir zu spät bei meinen Eltern ankamen, weil mich die Sorge um meine Kette so sehr aufgewühlt hatte, verläuft der Heilige Abend seitdem ohne weitere Zwischenfälle. *O Wunder, ich genieße es sogar.*

Zum Glück hat Baxter Omas Silberkette mit dem Medaillon in meinem Atelier auf einem der farbbekleckten Beistelltische gefunden. Wie sie dort gelandet ist, kann ich mir nicht erklären. Aber jetzt ist sie wieder da, hängt um meinen Hals, und alles ist gut.

Die Schallplatte, die mein Vater aufgelegt hat, beginnt sich zu drehen, und die ersten Töne kratzen durch den uralten Lautsprecher. Sehr nostalgisch. Mit leicht geröteten Wangen singt meine Mutter das schottische Weihnachtslied mit und schließt dabei die Augen. Hat sie das immer schon getan? Vielleicht, wenn alle weg waren. Ich kann mich nicht erinnern. Aber es ist so urig schön.

Mein Vater kramt die Whiskygläser aus dem Schrank, um das Geschenk, das wir ihm heute zur Feier des Tages mitgebracht haben, zu verkosten. Baxters ersten selbst kreierten Whisky: *Alison's Heaven*.

Vor zehn Jahren hatte sein Großvater mit ihm an einer neuen Sorte getüftelt und ihn in seine Pläne eingeweiht. Ein weiterer Schatz, den er ihm vermachte.

Diese Fässer hat er bei einem Freund einlagern lassen, und Baxter machte es sich zur Aufgabe, das braune Gold mit erlesenen Aromen zu verfeinern.

Es ist ihm gelungen. Der Whisky duftet wirklich wie der Himmel und zählt seit Kurzem zu den Klassikern mit limitierter Abfüllung.

Baxter ist so wahnsinnig stolz. Und ich auch. Auf ihn. Und die Namensgebung ist so typisch Baxter. Ich bin eben in seinen Augen sein Geschenk des Himmels. Also musste der allererste, von ihm hergestellte Whisky auch meinen Namen tragen. Eine ungewöhnliche Liebeserklärung eines außergewöhnlichen

Mannes. Ich liebe ihn. Und das jeden Tag ein bisschen mehr.

»Ich habe vier Gläser mitgebracht«, brummt mein Vater und stellt sie vor uns auf dem Tisch ab. »Wenn, dann müssen wir alle den edlen Tropfen genießen. Denn ich hätte niemals gedacht, dass unsere Tochter jemals wieder an einem Heiligen Abend bei uns am Tisch sitzt und dabei auch noch glücklich grinst«, zieht er mich auf.

»Aber nur, weil ich darauf bestanden habe, dass du die restliche Familie ausládst und erst am nächsten Tag triffst«, entgegne ich frech.

Diesen Umstand feiere ich zusätzlich. Denn diese Harmonie hätten wir viel eher haben können. Aber meine Eltern haben zu meinem Leidwesen immer auf diesem unsinnigen Ritual bestanden, alle Verwandten einladen zu müssen.

Jetzt ist es genau so, wie ich mir Weihnachten wünsche. In besinnlicher Ruhe genieße ich es, mit meinen Liebsten vereint zu sein. Das überladene Chaos, das hier üblicherweise herrschte, vermisse ich nicht im Ansatz. Das war nämlich wirklich nicht zum Aushalten.

Müde hake ich mich bei Baxter ein, und kuschle mich an seine Seite, als wir das Taxi verlassen und durch die frostige Nachtluft zurück zum Haus laufen.

Unser Atem steigt in Wölkchen auf, und ich bin froh, wenn ich gleich zurück ins Warme komme.

In den letzten Tagen sind die Temperaturen weit unter die Null-Grad-Grenze gesunken. Doch leider fehlt das passende Winterwunderland, das ich noch vor einem Jahr so sehr genossen habe. Denn der Schnee lässt bisher auf sich warten. Zu meinem Glück ist aber der Mann dazu geblieben, und, von großer Dankbarkeit für die Tatsache erfüllt, drücke ich mich gleich noch ein wenig fester an ihn.

Selig schmunzelnd warte ich darauf, dass er die Tür hinter uns schließt und uns das Glöckchengebimmel willkommen heißt, wir unsere Jacken in den Garderobenschrank hängen, und ich ihm endlich meine Hände in sein dichtes Haar schieben kann.

Genau darauf habe ich Stunden gewartet, und alles, was ich jetzt will, ist, mich an ihn zu schmiegen, bis kein Blatt mehr zwischen uns passt und ihn bis zur Besinnungslosigkeit zu küssen. Ich kann von Baxter eben nie genug bekommen. Und er eigentlich auch nicht von mir. Warum also rührt er sich nicht?

Schmollend schaue ich ihn an.

Er hat wieder diesen Blick drauf, den er mir auch schon nach dem Essen zugeworfen hat. Was ist mit ihm los?

»Alison«, sagt er und seine Stimme klingt plötzlich

so rau und tief. Bei der Art, wie er meinen Namen ausspricht und mich dabei ansieht, beginnt mein gesamter Körper zu prickeln.

Meine Selbstbeherrschung, nicht über ihn herzufallen, hängt am seidenen Faden. Aber ich werde das Gefühl nicht los, dass er irgendetwas auf dem Herzen hat.

»Baxter, was ist los?«, frage ich und schenke ihm ein verliebtes Lächeln.

Liebevoll lächelt er zurück, während er mir über den Arm streicht und meine Hand ergreift. »Komm. Ich möchte dir etwas zeigen.«

Sofort schlingen sich unsere Finger ineinander und ich folge ihm ins Wohnzimmer. Vor dem Tannenbaum lässt er mich stehen und geht zur Kommode.

Neugierig beobachte ich jede seiner Bewegungen. Er öffnet die Schublade, nimmt etwas heraus, und lässt es in seiner Hosentasche verschwinden.

Was hat er vor? Unsere Geschenke wollten wir doch morgen früh erst austauschen. Das hatten wir zumindest so abgesprochen.

Mit einem schiefen Grinsen, bei dem sich seine Lippen so verziehen, dass er damit jedes Mal mein Herz zum Schmelzen bringt, kommt er auf mich zu und nimmt meine Hände in seine.

O Gott.

Langsam habe ich eine Vorahnung, was hier

gespielt wird. Hat er deshalb mit meiner Mutter getuschelt?

Als ich das schmutzige Geschirr abräumte, um es in die Küche zu bringen, taten sie ganz geheimnisvoll. Zu dem Zeitpunkt vermutete ich, dass es um mein Weihnachtsgeschenk ging. Vielleicht lag ich damit falsch.

»Alison, kannst du dich noch daran erinnern, wie ich dich genannt habe, als wir aus dem Henderson Manor flohen?«

Ja, ich lag falsch.

Mein Herz setzt aus, nur um anschließend doppelt so schnell wieder loszurasen.

Plötzlich ist mein Mund staubtrocken. Die Fähigkeit zu sprechen, scheint mir auch abhandengekommen zu sein. *Baxter.*

Ich nicke. »Ja.« Meine Stimme hallt hauchzart und kaum hörbar durch den schwach beleuchteten Raum. Nur der Tannenbaum und die Sternenlichterkette spenden uns Licht. Es fühlt sich an wie dieser eine ganz spezielle Moment.

Baxter unterstreicht meine Antwort mit einem Lächeln und sinkt langsam auf die Knie.

Ich schlucke. *Halleluja.* Er tut es wirklich.

Während meine Hände immer noch in seinen liegen, schauen wir uns ununterbrochen in die Augen.

Ja. Definitiv. Es ist dieser eine magische Augenblick im Leben, den man nie mehr vergisst.

»Alison, du bist mein Geschenk des Himmels. Und was der Himmel einem schenkt, sollte man niemals wieder hergeben. Normalerweise ist es ja so, dass man sich kennenlernt und dann gemeinsam einen Urlaub verbringt.« Er lächelt. »Bei uns war es andersherum. Wir verbrachten zusammen unbeschreiblich wundervolle Tage und lernten uns dann erst kennen. Wir haben alles richtig gemacht.«

Völlig gerührt schnappe ich nach Luft, weil meine Augenwinkel verräterisch feucht werden. Nein. Ihr bleibt, wo ihr seid – ihr Freudentränen.

»Vom ersten Moment an wusste ich, dass du nicht ohne Grund direkt vor meiner Auffahrt gelandet bist. Du bist die Eine, der ich mein Herz für immer schenken möchte.« Baxter lässt meine Hand los, zieht eine rote Schachtel aus seiner Hosentasche und klappt sie geschickt auf. Ein Diamantring, der wie tausend Sterne funkelt, erscheint in meinem Sichtfeld. *Oh, mein Gott.* »Alison Anna Reed, willst du mich heiraten?«

»Ja, Baxter! Ja! Ich will dich ganz unbedingt heiraten. Ja!« Unkoordiniert sprudeln die Worte aus meinem Mund, und ich sinke zu ihm auf den Boden.

Bevor er noch etwas sagen kann, schlinge ich meine Arme um ihn, drücke ihn so fest an mich, dass ich kaum Luft bekomme, und küsse ihn tief und innig.

»Ich liebe dich, Baxter«, flüstere ich nah an seinem Ohr.

»Und ich liebe dich.«

Sofort entweicht ein winziger Freudenschluchzer meinem Mund, und die ersten Tränen fließen unaufhaltsam hinterher.

Minutenlang verweilen wir in dieser Position und klammern uns aneinander fest, bis Baxter behutsam meine Hand nimmt, den Ring aus der Samteinfassung löst, und ihn mir ansteckt.

Ein Platinring mit einem Stein, der von der Größe genau nach meinem Geschmack ist. Baxter kennt mich zu gut. Er ist wunderschön, um genau zu sagen, perfekt.

Ungläubig betrachte ich meine ausgestreckte Hand. Der Ring ist wie für mich gemacht, und passt wie angegossen.

»Gefällt er dir?«, fragt mich mein zukünftiger Ehemann und streicht behutsam mit dem Daumen über meine Fingerknöchel.

»Er ist umwerfend, genauso wie du. Damit hätte ich niemals gerechnet.«

»Nicht heute, oder dass ich dich überhaupt frage?«, hakt er nach.

»Heute. Das kam sehr überraschend.« Ich kann

meinen Blick nicht von dem zauberhaften Ring abwenden, er glitzert wie Schneekristalle. Und spiegelt damit auch ein Stück weit unsere Geschichte wider. Denn im Schnee hat schließlich alles angefangen.

»Also ist mir die Überraschung gelungen?« Baxter legt meine Hand oberhalb seines Herzens ab und hält sie dort fest.

»Ja, sehr.« Umgehend schmiege ich mich an ihn und spüre seinen starken Herzschlag, der mit meinem im Einklang ist. Unsere Herzen schlagen mit- und füreinander. Für immer.

Baxter streicht meine Haare zur Seite und öffnet ganz bedächtig den Reißverschluss meines Kleides.

»Ich hätte nichts dagegen einzuwenden, wenn ich meine zukünftige Frau nun auspacken darf.«

Sofort entlockt er mir damit ein Lächeln, das ich nicht mehr stoppen kann. »Ich auch nicht.«

Ja, das ist genau das, was ich jetzt will, was ich brauche. Nichts ist schöner, als von Baxter Henderson, dem Zweiten, geliebt zu werden – und zwar nicht nur am Christmas Eve. Sondern für immer.

ENDE

DANKE

Es ist ganz wundervoll, dass Du Dich für meine weihnachtliche Kurzgeschichte entschieden hast und dafür danke ich Dir sehr. Es bedeutet mir sehr viel, Dich als Leserin gewonnen zu haben und ich hoffe, dass Dir die romantische und sehr atmosphärische Geschichte in den schottischen Highlands, von Alison & Baxter, gefallen hat.

Und da ich jetzt total neugierig bin, wie sie Dir gefallen hat, würde ich mich sehr über ein Feedback oder Rezension freuen. Das wäre großartig!

Während dieser Entstehungsreise haben mich ganz viele tolle Menschen unterstützt:

Dorothea Kenneweg, Katharina Strzoda, Torsten Sohrmann, Ruth Pöss, Kathrin, Stefanie & Hannah

Und natürlich geht ein ganz großes »DANKESCHÖN« an meine lieben Leser:innen und Buch-Blogger:innen. »Ihr seid einfach toll! Ohne euch hätte ich nie so einen perfekten Start.«

Ich würde mich freuen, wenn Du mich auf meinem Weg weiterhin begleitest und wir miteinander verbunden bleiben. Lass uns zusammen auf romantische Entdeckungsreisen gehen, um dem stressigen Alltag zu entfliehen. Darüber würde ich mich sehr freuen.

Möchtest Du mehr von mir, meinem Leben, meinen Büchern und meinen Neuerscheinungen erfahren, bist Du herzlich eingeladen, Dich auf meiner Homepage umzusehen.

www.annaferber.de

ANNAS LOVE - BOOKS CLUB

Möchtest Du gern Mitglied in meinem **LOVE – BOOKS CLUB** werden, um exklusive

Einblicke zu erhalten oder um mehr über mich und meine Bücher zu erfahren?

Dann melde Dich zu meinem *LOVELETTER* an.

Verpasse nie wieder eine Neuerscheinung oder allgemeine Infos über mich, sehe meine neuen Cover und Klappentexte vor allen anderen. Erhalte vorab exklusive Leseproben von noch unveröffentlichten Projekten und sichere Dir die Chance auf tolle Gewinne!

In unregelmäßigen Abständen erhältst Du von mir Post – immer dann, wenn es von mir etwas Neues oder Schönes zu verkünden gibt. Und das Beste daran ist, dass Du all die ganzen Infos als Erste erfährst.

Natürlich ist **ANNAS LOVE – BOOKS CLUB** für Dich komplett kostenlos und Du kannst Dich auch jederzeit wieder abmelden.

Hier geht's zum LOVELETTER:
https://annaferber.de/newsletter/

Bleib immer up to date und folge mir auf:

Instagram
Facebook

Möchtest Du mir schreiben? Du hast Fragen an mich? Melde Dich bei mir: info@annaferber.de

»Folge der Sehnsucht,
Dein Herz gibt den Takt vor!«

Ich freue mich auf Dich!

Herzlichst,
Deine Anna

Scan me

Texte: Anna Ferber
c/o Federina Books
Krammwinkel 9
45891 Gelsenkirchen

Cover-/ Umschlaggestaltung:
Buchgewand Coverdesign –
www.buch-gewand.de

Bildmaterialien:
stock.adobe.com:
© luckybusiness, © lukasz_kochanek
depositphotos.com:
© jag_cz, © luceluceluce, © MarabuDesign,
© popcic

Mistelzweig Illustration:
stock.adobe.com: © dariaustiugova

Kapitelsymbole:
stock.adobe.com:
© iiierlok_xolms © supergrey

Lektorat:
Dorothea Kenneweg/ Berlin
Katharina Strzoda/ Lieblingswort

Korrektorat: Ruth Pöss - Das kleine Korrektorat

Printed in Poland
by Amazon Fulfillment
Poland Sp. z o.o., Wrocław

28708574R00093